吴伯雄大陆行纪实

海峡两岸出版交流中心　编

九州出版社
JIUZHOUPRESS

图书在版编目（CIP）数据

吴伯雄大陆行纪实 / 海峡两岸出版交流中心编 . －北京：九州出版社，2008.6

ISBN 978－7－80195－855－6

Ⅰ.吴…　Ⅱ.海…　Ⅲ.①新闻报道－作品集－中国－当代②台湾问题－研究　Ⅳ.I253　D618

中国版本图书馆 CIP 数据核字（2008）第 078657 号

吴伯雄大陆行纪实

作　　者　海峡两岸出版交流中心　编
出版发行　九州出版社
出 版 人　徐尚定
地　　址　北京市西城区阜外大街甲 35 号（100037）
发行电话　(010)68992190/2/3/5/6
网　　址　www.jiuzhoupress.com
电子信箱　jiuzhou@jiuzhoupress.com
印　　刷　**北京捷迅佳彩印刷有限公司**
开　　本　787 × 1092 毫米　16 开
印　　张　13.5
字　　数　160 千
版　　次　2008 年 6 月第 1 版
印　　次　2008 年 6 月第 1 次印刷
书　　号　ISBN 978－7－80195－855－6 / D · 189
定　　价　48.00 元

目　录

中共领导人会见吴伯雄一行

国共两党政党交流平台的建立和重大活动

南京、北京、上海之旅

各方反响

附　录

中共领导人会见吴伯雄一行

胡锦涛与吴伯雄举行会谈

中共中央总书记胡锦涛5月28日下午同中国国民党主席吴伯雄举行了会谈。胡锦涛强调，在国共两党和两岸同胞共同努力下，台湾局势发生了积极变化，两岸关系发展面临着难得的历史机遇。这一局面来之不易，值得倍加珍惜。希望国共两党和两岸双方共同努力，建立互信、搁置争议、求同存异、共创双赢，继续依循并切实落实“两岸和平发展共同愿景”，以富有成效的努力，扎扎实实推动两岸关系不断取得实际进展，增强广大台湾同胞对两岸关系和平发展的信心。

下午3点半，胡锦涛在人民大会堂迎宾厅会见吴伯雄主席和他率领的中国国民党大陆访问团全体成员。随后，胡锦涛同吴伯雄在北京厅举行会谈。

胡锦涛首先代表中共中央对吴伯雄率团前来大陆访问表示热烈欢迎。他说，吴主席首次以国民党主席的身份率团来访，是新形势下国共两党关系和两岸关系的一件大事。希望我们能够在国共两党以往交流对话的基础上就新形势下促进两岸关系改善和发展深入交换意见，共同面向未来，努力推动两岸关系和平发展。

吴伯雄代表中国国民党和台湾同胞向汶川地震灾区同胞致以慰问。他表示，两岸同胞同属中华民族，国民党和台湾各界将积极协助灾后重建工作。

胡锦涛表示，当前，大陆同胞正全力以赴开展抗震救灾工作，各项工作正在有序进行。地震发生后的当天下午，中国国民党中央委员会立即发来慰问电。台湾社会各界以各种方式表达对地震灾区同胞的关心和慰问，给予慷慨援助和支持。广大台湾同胞的爱心和善举感人至深。我代表大陆同胞特别是灾区同胞，向广大台湾同胞表示衷心感谢。我们对在这次震灾中2890多名在四川境内的台湾同胞得到及时救助、平安返回台湾感到很欣慰，对两名台湾同胞不幸遇难感到很悲痛。我谨向遇难的台湾同胞表示深切哀悼，向他们的家属表示诚挚慰问。

胡锦涛指出，这次汶川大地震给我们带来了巨大伤痛，也使全民族更加紧密地团结在一起。包括台湾同胞在内的全体中华儿女在患难之时体现出的同胞之爱、手足之情格外珍贵。这不仅是中华民族团结互助、共克时艰的精神力量，也将成为两岸同胞相互扶持、携手合作、共同开创两岸关系美好未来的强大动力。

吴伯雄表示，两岸关系拨云见日、雨过天晴、建立互信、创新合作的时刻已经来临，台湾的主流民意期待两岸关系走向善意互动。国民党已经将2005年4月国共两党领导人共同发布的“两岸和平发展共同愿景”正式列入党的政纲，这不仅是对台湾民众而且是对两岸同胞作出的承诺。我这次来访，要特别强调国民党将一如既往继续加以推动落实。期盼两岸在“九二共识”基础上搁置争议、追求双赢，希望中断多年的两岸协商尽快恢复，在7月份实现两岸周末包机、大陆居民赴台旅游，并让深受台湾各界特别是小朋友们喜爱的大熊猫尽早到台湾定居，在适当时候邀请海协会长访问台湾。

胡锦涛高度肯定吴伯雄为促进国共两党交流对话和两岸关系朝着和平稳定方向发展作出的重要贡献，高度肯定国民党坚持“两岸和平发展共同愿景”所指引的两岸关系发展方向。他说，事实证明，国民党反对“台独”、坚持“九二共识”、积极发展两岸关系的立场和主张，得到了大多数台湾民众的肯定。

胡锦涛强调，“两岸和平发展共同愿景”奠定了国共两党交往的政治基础，也是两党向两岸同胞作出的庄严承诺。在新的形势下，国共

□ 5月28日下午，中共中央总书记胡锦涛在北京人民大会堂会见中国国民党主席吴伯雄一行。

两党应该共同把握和用好难得的历史机遇，继续依循并切实落实“两岸和平发展共同愿景”，开创两岸关系和平发展新局面，为两岸同胞谋福祉，为台海地区谋和平，不辜负两岸同胞的期待。

胡锦涛强调，国共两党和两岸双方应该共同努力，建立互信、搁置争议、求同存异、共创双赢。首先要建立互信，这对推动两岸关系和平发展至关重要。反对“台独”、坚持“九二共识”，是双方建立互信的根本基础。只要在这个核心问题上立场一致，其他事情都好商量。其次要搁置争议。必须看到，两岸关系发展中还存在一些历史遗留问题，也还可能遇到一些新情况新问题，其中一些症结问题一时不易解决。我们应该以实事求是的态度，务实面对，妥善处理。搁置争议需要政治智慧。希望双方都能够从两岸关系和平发展大局出发，把握好这一点。有了互信，再加上搁置争议，双方就能够求同存异，也就能够通过交流和协商不断累积共识、共创双赢。

胡锦涛指出，当前，恢复两岸协商谈判并取得实际成果，是两岸关系改善和发展的重要标志。我们应该在“九二共识”基础上尽快恢复海协会和海基会的交往协商，通过平等协商务实解决两岸间的有关问题。两会恢复协商后，首先要解决当前两岸同胞最为关心的两岸周末包机、大陆居民赴台旅游问题。只要双方共同努力，这两件事完全可以在最短时间内办成、办好。希望今后两会制度化协商能够顺利推进、不断取得成果，并在双方方便的时候进行两会领导人互访。台湾同胞期盼大陆同胞赠送的一对大熊猫“团团”和“圆圆”尽早到台湾去，我们会积极促成。

吴伯雄表示，一些台湾民众对两岸关系发展存在疑虑，国民党也十分重视台湾民众普遍关心的参与国际活动的问题。但国民党反对有人将“台湾意识”扭曲成“台独意识”。希望能通过两岸扩大交流、互惠合作、互利双赢，不断产生正面效益，化解一些台湾民众的疑虑。

胡锦涛表示，关于台湾同胞参与国际活动的问题，我们了解台湾同胞在这个问题上的感受。“两岸和平发展共同愿景”中已经明确，“促进恢复两岸协商后，讨论台湾民众关心的参与国际活动的问题，包括优先讨论参与世界卫生组织活动的问题”。我相信，双方共同努力，创造条件，通过两岸进行协商，这些问题会找到解决办法。

胡锦涛强调，中国共产党在发展两岸关系上始终坚持维护中华民族的根本利益、维护包括台湾同胞在内的全体中华儿女的共同利益。我们关心、尊重、信赖台湾同胞。对一些台湾同胞在两岸关系问题上存在误解和疑虑，我们不仅会基于同胞情怀予以理解，而且会采取积极措施予以化解。

吴伯雄说，国共两党今后需要继续加强交流对话，适时举办两岸经贸文化论坛或和平论坛，继续开展基层党务交流，让两党的交流平台根基更为稳固，效益更为深远。两岸协商恢复后，双方的制度化协商与国共两党的交流平台，应该同时发挥作用，就像两条腿走路，交替向前，可以行稳致远，这对两岸关系和平发展具有重要意义。希望两党共同努力，与两岸同胞携手共创和平、共促稳定、共谋发展、共享繁荣。

胡锦涛强调，2005年以来，国共两党举办论坛、开展基层党务交流取得了良好成效，对促进两岸关系发展产生了重要影响。新形势下，国共两党应该继续交流对话，发挥交流平台的作用。真诚希望国共两党以两岸同胞福祉和中华民族根本利益为重，面向未来，积极努力，坚定不移地推动两岸关系和平发展，共同实现中华民族伟大复兴。

会谈中，吴伯雄对北京奥运会表示祝福。胡锦涛预祝台湾体育健儿在北京奥运会上取得优异成绩，并邀请吴伯雄出席北京奥运会开幕式。吴伯雄表示感谢，并愉快地接受了邀请。

中共中央政治局委员、国务院副总理王岐山，中央书记处书记、中央办公厅主任令计划，中央书记处书记、中央政策研究室主任王沪宁，国务委员戴秉国，中共中央台办主任陈云林等参加了会谈。

胡锦涛致辞

中共中央总书记胡锦涛5月28日下午在人民大会堂会见中国国民党主席吴伯雄及其率领的中国国民党大陆访问团一行。正式会谈开始前，胡锦涛总书记在致辞时说，吴伯雄主席首次以国民党主席的身份率团来访，这是新形势下国共两党关系和两岸关系当中的一件大事，我希望，我们能够在国共两党以往多次交流、对话的基础上，就新形势下促进两岸关系的改善和发展深入交换意见，共同面向未来，努力推动两岸关系的和平发展。

胡锦涛总书记致辞全文如下：

尊敬的吴伯雄主席，尊敬的各位副主席，中国国民党大陆访问团的各位成员，女士们，先生们：

大家下午好！

很高兴有机会再次相聚，首先我代表中共中央对中国国民党中央委员会主席吴伯雄先生率团来访表示热烈欢迎，吴伯雄主席首次以国民党主席的身份率团来访，这是新形势下国共两党关系和两岸关系当中的一件大事，我希望，我们能够在国共两党以往多次交流、对话的基础上，就新形势下促进两岸关系的改善和发展深入交换意见，共同面向未来，努力推动两岸关系的和平发展。

近来，大陆同胞正在全力以赴地开展抗震救灾工作，这次发生在四川汶川等地的特大地震灾害，其破坏之严重，伤亡人员之多，以及救灾的难度之大，都是历史上罕见的，造成了人民生命财产的巨大损失，我们对此深感悲痛。在这危难时刻，大陆同胞紧急行动，万众一心、众志成城，奋力抗灾，目前各项工作都正在紧张有序地进行。

令我们十分感动的是，地震灾害发生以后，当天的下午，中国国民党中央委员会就发来了慰问电，表达感同身受的心情，半个多月来以来，台湾社会各界以多种方式向受灾的同胞表达了关爱和慰问，同时也提供了慷慨的援助和支持。天灾无情人有情，台湾同胞的爱心、善举感人至深，在这里，我要代表大陆同胞，特别是灾区的同胞向台湾同胞表示衷心的感谢！

在这次震灾当中，有2890多名在四川境内的台湾同胞得到了有效的救助，顺利地返回了台湾，我们对此甚感欣慰。遗憾的是根据目前的统计，有两位台湾同胞遇难，我们也为此深感悲痛。在这里，我谨向遇难的台湾同胞表示深切地哀悼，向他们的

□ 5月28日下午，胡锦涛与应邀来访的吴伯雄在人民大会堂举行会谈。这是在台湾局势发生积极变化的形势下，两党最高领导人之间的首次会谈。

亲属表示亲切地慰问。

这次汶川大地震给我们带来了巨大的伤痛，但是也使我们全民族更加紧密地团结在一起，包括台湾同胞在内的全体中华儿女在患难的时候所表现出来的“同胞之爱，手足之情”尤为珍贵，这不仅是中华民族团结互助、共克时艰的精神力量，也将成为两岸同胞相互扶持，携手合作，共同开创两岸关系美好未来的强大动力。

吴伯雄致辞

中共中央总书记胡锦涛5月28日下午在人民大会堂与中国国民党主席吴伯雄举行会谈。这是在台湾局势发生积极变化的形势下两党最高领导人首度会谈。吴伯雄发表致辞，全文如下：

尊敬的中共中央胡总书记锦涛先生，以及各位领导，各位女士，各位先生：

这次应胡总书记的邀请，在各位最忙碌的时候，中国国民党组团到大陆访问，显示着大家在抗震救灾的艰苦过程中，仍然重视两岸关系的重要性，我们体会很多。

我们是5月26日到南京，在我们到之前的两个礼拜，“512”，我们非常震惊地听到四川大地震的消息。我们始终抱着最密切的关心，随时把情况去了解。这次台湾人民所表现的那种关怀和爱心是自动自发的、发自内心的，在这个困难的时候，把同为中华民族骨肉相连的感情更自然地表达出来。我们也觉得这是非常值得珍惜的一件事情。

中国国民党不只是第一时间致告关怀的意思，在今后救灾复建的长期努力中，我们愿意继续来参与，尽一份力量。我们的团员里面，本来副秘书长詹启贤博士应该要来，他是台湾受人尊敬的名医。但是他今天不能来，因为他组织了一个医疗团今天到了四川灾区。

所谓一方有难八方支援，更何况是一水之隔的台湾。我们从这次灾难中体会到发自内心发自自然的那种血肉相连的感情。我想只要两岸彼此互相关怀，发挥善意互动，我相信两岸关系和平稳定发展是可以预期的。

九年前，台湾发生“921”地震，那时正是两岸关系陷入低潮困难的时候，如今，“512”地震却发生在两岸关系拨云见日的一个改变的时候。我想这两次地震在中华民族的历史上给我们很重大的启示录：两岸之间谁都不能保证不会再有天然灾害，但是我们可以透过大家共同努力，来保证两岸之间永远不会有战争，而是往好的互助的双赢的道路上向前迈进。

谢谢胡总书记在这么忙碌的时候还这么重视我们这次访问，非常感谢。

贾庆林会见吴伯雄一行

中共中央政治局常委、全国政协主席贾庆林，5月27日下午在钓鱼台国宾馆会见了中国国民党主席吴伯雄和他率领的中国国民党大陆访问团全体成员。

贾庆林说，在台湾局势发生积极变化、两岸关系呈现良好发展势头的形势下，吴伯雄主席应中共中央和胡锦涛总书记的邀请率团来访，

□ 5月27日，贾庆林在北京会见吴伯雄。

意义重大。国共两党应当牢牢把握两岸关系和平发展的主题，不辜负两岸同胞寄予的厚望，悉心维护两岸关系发展的良好势头，抓住和用好难得的机遇，再接再厉，共同努力开创两岸关系和平发展的新局面。

会见时，吴伯雄再次表达了对四川汶川地震灾情的关切和对受灾同胞的慰问。贾庆林对此表示感谢。他说，中国国民党中央委员会在震灾发生当天立即发来慰问电，台湾同胞纷纷以各种方式表达关爱之情、伸出援助之手，充分体现了两岸同胞血浓于水、患难与共的骨肉亲情。我向广大台湾同胞表示衷心感谢。

贾庆林积极评价吴伯雄此访首先到南京敬谒中山陵。贾庆林说，中山先生毕生致力于中国的民族独立、国家统一、中华振兴，今天仍然激励着我们为实现中华民族的伟大复兴而不懈奋斗。

贾庆林高度评价吴伯雄为推动两岸关系改善和发展作出的重要贡献。他指出，国民党坚持反对“台独”、认同“九二共识”、主张发展两岸关系的立场和政策，得到了大多数台湾同胞的支持。

贾庆林表示，发展经济、改善民生，是两岸面临的最重要任务。两岸双方要采取切实的积极措施，努力实现两岸经济互利双赢，增进和扩大两岸同胞的共同利益。当前，台湾各界十分期待两岸周末包机和大陆居民赴台旅游早日实现。我相信，通过两岸双方共同努力，就能够办成这两件好事，满足台湾同胞的愿望，增进两岸同胞的福祉。

吴伯雄说，在新的形势下，国共两党应加强交流对话，继续开展基层党组织交流，探讨解决两岸民众关注的问题。

贾庆林对吴伯雄关于加强国共两党交流对话的意见表示赞同。他说，三年来，国共两党积极落实两党领导人发布的“两岸和平发展共同愿景”，向两岸同胞展现了推动两岸关系和平发展的决心和诚意，对推动两岸经济文化等领域的交流合作发挥了积极的作用，对促进两岸关系朝和平稳定方向发展产生了十分重要的影响。今后，国共两党的对话应当进一步深入，两党基层组织的交流应当进一步加强，使之成为鼓舞和带动两岸各界加强交往、扩大合作的重要渠道，成为共同促进两岸关系和平发展的重要推动力量。

贾庆林强调，国共两党应当坚定地沿着两岸关系和平发展的正确方向迈进。胡锦涛总书记提出，两岸双方应当建立互信、搁置争议、求同存异，共创双赢。马英九先生对此作出了积极回应。我相信，只要国共两党、两岸双方都以两岸同胞福祉为念、以两岸关系和平发展大局为重，就一定能够克服前进道路上的各种阻碍，找到化解矛盾、解决问题的办法，使两岸同胞的感情更融洽、合作更深化，使两岸关系和平发展的道路越走越宽广。

吴伯雄介绍“胡吴会”双方对恢复商谈等议题有共识

2008年5月28日下午，中共中央总书记胡锦涛与应邀来访的中国国民党主席吴伯雄一行在人民大会堂举行会谈后，吴伯雄旋即率国民党秘书长吴敦义、副秘书长张荣恭、国民党文传会主委李建荣在北京饭店举行“中国国民党大陆访问团记者会”。

吴伯雄先介绍了与胡锦涛总书记会谈的情况后，回答了记者提问。

对与胡总书记的会谈非常满意

吴伯雄介绍说，胡总书记和我们代表团的会谈进行了一个小时，我们对这次的会谈非常满意。两岸过去有一段时间关系紧张，如今新的局势和新的契机大家要好好掌握，在两岸和平稳健发展的正确道路上共同努力。现在两岸彼此都有共识，就是要赶快建立互信，把这几年破坏掉的赶快恢复，搁置争议，很多问题不是在短期甚至近几年内马上解决的就搁置，不能因为争议让很多关系到人民福祉的问题停滞不前。搁置争议后，求同存异，共同开创双赢的新的局面，这是两岸共同的需要。

对海基会和海协复谈表示乐观

吴伯雄说，会谈中双方共同认为，台湾海基会和大陆海协制度性的协商应该早日恢复，大陆游客赴台、周末包机也要双方尽最大努力在短期内实现。

胡总书记讲得很清楚，两会复谈尽快实现。一旦恢复协商，两会首先要解决的是周末包机、大陆观光客赴台这两个问题，这些问题要靠两会协商，我们在这里不能替他们作决定，但是只要双方全力以赴，我们有理由乐观，这是很快的事情。

两岸良性互动很重要

吴伯雄说，两岸良性互动很重要。这次大陆震灾是很不幸的事情，但一方有难八方支援。胡总书记在会谈中尤其对台湾同胞发自内心对灾区的关切和实际行动的支援表示感谢。此次灾区有2000多位台湾观光客，他们得到了大陆妥善的照顾，很快返回台湾，但有两位台胞不幸遇难，胡总书记对此表示悲痛。而我们代表团一到大陆，第一个动作就是向此次地震中的遇难者默哀。本来要参加访问团的中国国民党副秘书长詹启贤这次没能来，他是一位名医，他今天带领医疗团队进

□ 5月28日，吴伯雄率领的大陆访问团在北京召开记者会并回答记者的提问。

入灾区。将来灾区复建工作，我们将联络岛内社会团体和热心人士继续关注。这就是良性互动。

吴伯雄说，我们今天参观了奥运场馆“鸟巢”和五棵松棒球场，我们由衷希望这次北京奥运会成功。100多年前中华民族被称为“东亚病夫”，这次办一个成功的奥运会意义非常重大。希望来自台湾的健儿能够在北京奥运会上大展身手。本来我希望组织一个拉拉队，但今天这里的领导人对我说，你们不需要自组拉拉队，大陆的老百姓是你们坚强的拉拉队，你们有主场优势。这就是良性互动。

国共平台仍发挥重要作用

吴伯雄介绍说，国共有一个平台对稳定两岸关系和台海局势非常重要，过去很多的时候两岸陷入紧张，是靠两党平台稳住局势。今后我们跟海基会和海协的管道相辅相成，授权的事务只有两会能够签署，但两党的平台仍然重要，就像两只脚交互使用，这将对两岸关系的稳定发挥重要作用。所以两党论坛我们还会办，国共平台会继续存在。

“五项愿景”已成国民党政纲

吴伯雄表示，三年前“连胡会”发表的“五项愿景”，已经变成中国国民党的政纲，政纲是要推动的，我们会督促影响各方面遵守。我们要对台湾人民负责，也要对两岸和平负责。

谈到有关“九二共识”的问题时，吴伯雄指出，两岸要在“九二共识”的基础上恢复协商。

吴伯雄还说，十年前，辜汪二老在上海会面，辜振甫先生邀请汪道涵先生访问台湾，后来因为人所共知的原因没有成行。现在，新的契机出现了，假如海基会董事长江丙坤先生将来邀请海协会长访问台湾，我们会乐观其成。他说，国民党赢得选举来之不易，因此我们强调以感恩谦卑的态度重新出发。过去的失败我们会彻底反省，而这八年民进党失败的原因我们也会警醒。

吴伯雄对此次大陆之行非常满意。他说，我还要特别说明一件事，这次来听到两只大熊猫“团团、圆圆”情况不错，我回去后要向有关部门询问，是否准备好了，大陆这方面已经准备好了。

“九二共识”

“九二共识”指1992年11月大陆的两岸关系协会与台湾的海峡交流基金会就解决两会事务性商谈中如何表明坚持一个中国原则的态度问题所达成的以口头方式表达的“海峡两岸均坚持一个中国原则”的共识。

1987年底，长达30多年的两岸隔绝状态被打破后，两岸人员往来和经济、文化等各项交流随之发展起来，同时也衍生出种种问题。为了解决这些问题，台湾不得不调整“不接触、不妥协、不谈判”的“三不政策”，于1990年11月21日成立了得到官方授权的与大陆联系与协商的民间性中介机构——海峡交流基金会，出面处理官方“不便与不能出面的两岸事务”。为便于与海基会接触、商谈，中共中央台办、

□ 1993年4月27日，祖国大陆的汪道涵先生和台湾的辜振甫先生共同在新加坡举行海内外倍加关注的“汪辜会谈”，这是海峡两岸隔绝40多年后举行的首次会谈。汪道涵与辜振甫的象征性握手被赋予历史意义。

□ 1998年10月15日下午，汪道涵夫妇在上海新锦江大饭店与辜振甫夫妇晤谈。

国务院台办推动于1991年12月16日成立海峡两岸关系协会，并授权以坚持一个中国原则作为两会交往和事务性商谈的基础。

1992年10月28日至30日，两会在香港商谈中，就海峡两岸事务性（公证书使用）商谈中如何表述坚持一个中国原则的问题进行了讨论。海协的基本态度是，海峡两岸交往中的具体问题是中国的内部事务，应本着一个中国原则协商解决。在事务性商谈中，只要表明坚持一个中国原则的基本态度，可以不讨论一个中国的政治涵义，表述的方式可以充分协商。

在香港商谈中，海协提出了五种文字表述，台湾海基会也根据“国统会”的结论提出了五种文字表述，台方虽然也同意两岸公证书使用是中国内部的事务，双方均应坚持一个中国的原则，并表达了谋求国家统一的愿望，但在文字表述方案上，两会很难达成一致。在会谈即将结束时，海基会代表又增提了三种表述方式，并拿出了他们的最后表述内容:“在海峡两岸共同努力谋求国家统一的过程中,双方虽均坚持一个中国的原则,但对于一个中国的涵义,认知各有不同。惟鉴于两岸民间交流日益频繁,为保障两岸人民权益,对于文书查证,应加以妥善解决。”还建议“用各自口头声明的方式表述一个中国原则”,海协代表表示这是此次商谈的主要成果,等把海基会的建议与具体表述内容报告后再正式答复。

香港商谈结束后不久,1992年11月16日,海协会正式致函台湾海基会表示,“在这次工作性商谈中,贵会代表建议在相互谅解的前提下,采用贵我两会各自口头声明的方式表述一个中国原则,并提出了具体表述内容,其中明确了海峡两岸均坚持一个中国的原则”。“我会充分尊重并接受贵会的建议”。“现将我会拟作口头表述的要点函告贵会:海峡两岸都坚持一个中国的原则,努力谋求国家的统一。但在海峡两岸事务性商谈中,不涉及‘一个中国’的政治涵义。本此精神,对两岸公证书使用(或其他商谈事务)加以妥善解决。”海协的函后并附上了海基会最后提供的表述方案。12月3日,海基会回函海协,对达成共识未表示异议。至此,关于一个中国原则表述问题的讨论,以形成双方相互接受的两段具体表述内容为结果而告一段落。

胡连会行破冰之旅
胡吴会创五赢之局

三年前“胡连会”达成五项愿景，成为两岸关系的转折点。三年后“胡吴会”旨在延续胡连公报为两岸执政党的政策共识。台湾《联合晚报》28日刊文指出，中共相应释出两岸复谈等善意，有利于台湾荣景重现曙光，开展了两岸的良性互动。胡吴会在胡连会的五点公报基础上，也取得“五赢”的结果。

文章说，看到今天的胡吴会，也不能忘记三年前的胡连会。近十年来从来不送机的国民党荣誉主席连战，本周一亲自前往机场为吴伯雄送行，足见连战是站在两岸的大格局中看待吴伯雄的大陆行。虽然吴伯雄这几天在大陆，都未提到连战，但连战在当时艰难的处境下，勇敢跨出历史性的一步，非常关键。如果没有这一步，就没有今天的胡吴会。

文章说，台湾民众对四川强震高度关怀，让中国大陆政府愿意延续四月博鳌论坛展现的务实精神；陈云林昨天在北京机场迎接吴伯雄时提及“国民党重新获得政权”，中联办在香港同意“陆委会”官员进入机场与台湾执政党主席会面。这显示两岸的关系与日俱增。同时，两岸关系还有很多弹性、创意的空间。

此次胡吴会的结论形同对台湾人民的雪中送炭，而过去三年互动良好的国共平台可望在国民党执政后继续存在，不啻也是对连战打下基础的正面肯定。

文章说，当国共数十年恩怨都能因正视现实、开创未来而化解，只要两岸各党都有“人民最大”的共识，又何以不能脑力激荡出共创多赢的局面呢？

江山多娇看今朝
胡吴会谈开新局

红日照耀着山河，近处是江南翠绿山川，远处是北国万里雪飘，居中是旷野万里，长江与黄河奔流……

悬挂于人民大会堂迎宾厅中的这幅巨画名为《江山如此多娇》，抒写的是中国共产党第一代领袖毛泽东的名篇《沁园春·雪》的意境。该篇结尾写道："数风流人物，还看今朝"。

2008年5月28日15时30分，在这幅名画前，中国共产党总书记胡锦涛与中国国民党主席吴伯雄的手亲切地握在一起。

三年前的4月29日，就在紧邻的北大厅，胡锦涛的手与时任国民党主席连战的手，穿过两党60年争斗的风风雨雨，紧紧地握在一起，开启了两党交流与对话新页。

两党最高领导人再度握手之时，国民党刚刚在岛内重新获得政权，台湾局势发生积极变化，两岸关系面临新契机。中台办主任陈云林在欢迎吴伯雄抵达南京时这样说："八年多来，海峡两岸风云变幻，乌云飞渡，如今雨过天晴，海峡两岸的同胞终于盼来了推进两岸关系和平发展的和煦春天。"

在与国民党大陆访问团成员一一握手后，胡锦涛与吴伯雄在北京厅举行了会谈，双方达成了广泛的共识，包括：在"九二共识"基础上尽快恢复海协会和海基会交往协商，通过平等协商务实解决两岸间的有关问题，首先要解决的就是当前两岸同胞最关心的两岸周末包机、大陆居民赴台旅游问题；两党在新形势下将继续依循并切实落实“两岸和平发展共同愿景”，开创两岸关系和平发展新局面；两党将继续交流对话，发挥交流平台的作用。

胡锦涛在会谈中还表示，对一些台湾同胞在两岸关系问题上存在误解和疑虑，我们不仅会基于同胞情怀予以理解，而且会采取积极措施予以化解；台湾同胞期盼大陆同胞赠送的一对大熊猫“团团”和“圆圆”尽早到台湾去，我们会积极促成；我们了解台湾同胞在参与国际活动问题上的感受，相信通过两岸协商，会找到解决办法。

会谈持续不过40分钟，却取得丰硕的成果。当北京厅的大门再度打开时，华灯璀璨，似乎隐喻着两岸关系的光明未来。吴伯雄随后告诉中外记者：只要双方全力以赴，他对前景很乐观。

国共两党领导人会谈吸引了全世界的目光，超过200名记者到现场采访。会谈结束后，北京著名学者徐博东在接受本社记者采访时说：“胡吴会谈成果具有很强的操作性，可以预见两会商谈将很快恢复。在国共两党的共同努力下，两岸关系将以此为开端，呈现全新局面。”

解读胡吴会：缔造两岸和平之路还看今朝

"江山如此多娇，引无数英雄竞折腰。……俱往矣，数风流人物，还看今朝"。这是第一代领袖毛主席著名的词作《沁园春·雪》中对祖国大好河山和历史唯物主义所抒发的意境。建国十周年人民大会堂落成之时，著名岭南派画家傅抱石、关山月根据此意境创作并由毛泽东亲笔题署的巨幅国画《江山如此多娇》，就悬挂在人民大会堂迎宾厅的画壁上，承担着"欢迎宾客"的重任。

昨日，中国共产党新一代领袖胡锦涛在此巨幅画下迎候吴伯雄所率领的中国国民党访问团一行，并在此合照，然后步入北京厅，进行工作会谈。

《新华澳报》今天发表评论文章说，胡锦涛在《江山如此多娇》前迎候会见吴伯雄一行，寓意着自1949年后两岸执政党的首次会晤，将再次演绎"数风流人物，还看今朝"的历史；也凸显了祖国大陆和台湾全岛，都是神州大地的多娇江山；更折射了两岸中华儿女骨肉情深、血浓于水，尤其是在这次汶川大地震中，两岸同胞携手抗震救灾，更深刻地辉映了两岸人民同属中华民族的情怀。

文章说，5月28日的"胡吴会"，饱含"数风流人物，还看今朝"

意涵，在“江山如此多娇”巨画的见证之下，开创了国共两党新的希望之春。

新加坡《联合早报》今日刊文说，两岸间议题可分两个层面视之，一是政策方向性决策，另一层面是具体事务性协商。海协海基会能够承担的只是后者，而政策的方向，须由两党根据外部形势的评估来决策。国共此次对话，彼此互动中所释放和呈现出的善意，对原则与宏观格局的承诺与认定，都将为两岸具体事务性商谈确立基调，从而增加付诸实施的可能性。

文章说，胡连会、胡萧会再到胡吴会，双方搁置争议、求同存异、互展善意，努力突破过去的制囿，从诸多方面弥补裂痕，寻找最大公约数，为最终实现两岸和平发展努力。“胡吴会”亦将为新形势下国共政党交流平台的功能树立标尺。

文章感慨，此次两党的会晤向外界展示出一道横跨两岸的彩虹，被称为两岸关系“雨过天晴之旅”。吴伯雄此行，既是延续国民党时任主席连战2005年4月“和平之旅”后的国共交流，亦是国民党重新执政之后众多有利两岸关系发展的集中体现。在正如胡锦涛会面时多次提及的“新形势”之下，两岸频吹暖风，不断出现突破。

香港《大公报》今日发表评论表示，改善两岸关系，缔造一个有利于两岸关系和平发展的良好环境，是中国共产党的一贯方针，也是多数台湾同胞的强烈意愿，代表了两岸民众的根本利益。国民党的重新执政，为这个目标的顺利达成，创造了更多机会和更大的可行性。时至今日，国共两党之间沟通平台的建立及两党关系在新形势下的进一步发展，对两岸局势朝良性方向发展，必将起到积极的推动作用。

《新华澳报》分析道，“国共平台”推动促进了两岸制度性协商，吴伯雄表示，未来“国共平台”与海基会的关系可以相辅相成，“双方交叉前行，行稳致远”。颇能拿捏得当，谨守分际。这应是在国民党内部

“搁置争议，求同存异”的范例。因此，21世纪国共两党在抒写《沁园春·雪》意境的《江山如此多娇》巨画前的握手，颇具“江山如此多娇”，“数风流人物，还看今朝”的意义。相信，两岸的明天将更加美好！

国画《江山如此多娇》

中共中央总书记胡锦涛5月28日下午在人民大会堂会见中国国民党主席吴伯雄，两人在巨幅国画《江山如此多娇》前亲切握手。

《江山如此多娇》高约6米，宽9米，是著名画家傅抱石和关山月于1959年专门为人民大会堂创作的。画面体现了毛泽东主席词《沁园春·雪》中“江山如此多娇”的词意。画面中，一轮红日照耀祖国锦绣山河，近景是江南青绿山川、苍松翠石；远景是白雪皑皑的北国风光；中景是连接南北的原野，而长江和黄河贯穿整个画面。整幅画作境界恢弘，气魄雄健，淋漓酣畅，豪放洒脱，具有强烈的民族风格和时代感。《江山如此多娇》创作完成后，毛泽东在画上亲笔题词“江山如此多娇”。

国共两党政党交流平台的建立和重大活动

陈云林受权宣布：胡锦涛欢迎并邀请中国国民党主席吴伯雄率团来访

中共中央台湾工作办公室主任陈云林2008年5月17日在北京接受新华社记者专访，受权宣布，中共中央和中共中央总书记胡锦涛欢迎并邀请中国国民党主席吴伯雄率中国国民党访问团来大陆参观访问。

记者问，据台湾媒体报道，中国国民党主席吴伯雄表达了愿率团来大陆访问的意愿。请问中共中央和胡锦涛总书记是否有邀请吴伯雄主席来访的计划？

陈云林表示，5月12日四川汶川发生特大地震灾害后，台湾各界出于同胞骨肉之情，踊跃捐款捐物，提供各种援助。中国国民党中央在第一时间致函中共中央，表达关切慰问。这里，我再次代表灾区同胞表示衷心感谢。

陈云林表示，近三年来，国共两党开展了多种形式的交流与对话，对促进两岸关系稳定发展起到了重要作用。在当前台湾局势发生积极变化的新形势下，中国国民党主席吴伯雄率团来访，将有助于国共两党加强交流对话，进一步共同努力推动两岸关系和平发展。经受权，我宣布，中共中央和中共中央总书记胡锦涛欢迎并邀请吴伯雄主席率中国国民党访问团访问大陆。我们将与国民党方面尽快就吴伯雄主席来访的有关事宜进行磋商，作出安排，以便访问团尽早成行。

吴伯雄接受中共中央和胡锦涛总书记邀请将率团访问大陆

中国国民党中央委员会秘书长吴敦义5月17日下午在台北举行记者会宣布，中国国民党主席吴伯雄接受中共中央和胡锦涛总书记邀请，将率中国国民党大陆访问团访问大陆。

吴敦义表示，吴伯雄主席充分感受到胡锦涛总书记推动改善两岸关系的诚意与善意。吴主席此行除了会再度代表中国国民党及台湾各界对大陆遭遇空前的地震劫难表示慰问之外，也会务实地提出两岸互惠双赢的见解。

□ 5月27日，吴伯雄率领的大陆访问团拜谒中山陵时获赠当年访问大陆时的照片。

胡锦涛与连战会谈新闻公报

中国共产党总书记胡锦涛与中国国民党主席连战会谈新闻公报，全文如下：

中国共产党总书记胡锦涛与中国国民党主席连战会谈
新闻公报

（二○○五年四月二十九日）

应中国共产党中央委员会总书记胡锦涛邀请，中国国民党主席连战率国民党大陆访问团，于二○○五年四月二十六日至五月三日访问大陆。这是国共两党一次重要的交流与对话。在两党“正视现实，开创未来”的共同体认下，四月二十九日，胡总书记与连主席在北京举行会谈。双方就促进两岸关系改善和发展的重大问题及两党交往事宜，广泛而深入地交换了意见。这是六十年来国共两党主要领导人首次会谈，具有重大的历史和现实意义。四月二十八日，中共中央政治局常委贾庆林会见了国民党访问团全体成员。两党工作机构负责人进行了工作会谈。基于两党对促进两岸关系和平稳定发展的承诺和对人民利益的关切，胡总书记与连主席决定共同发布“两岸和平发展共同愿景”。全文如下：

五十六年来，两岸在不同的道路上，发展出不同的社会制度与生活方式。十多年前，双方本着善意，在求同存异的基础上，开启协商、对话与民间交流，让两岸关系充满和平的希望与合作的生机。但近年来，两岸互信基础迭遭破坏，两岸关系形势持续恶化。目前两岸关系正处在历史发展的关键点上，两岸不应陷入对抗的恶性循环，而应步入合作的良性循环，共同谋求两岸关系和平稳定发展的机会，互信互助，再造和平双赢的新局面，为中华民族实现光明灿烂的愿景。

两党共同体认到：

——坚持“九二共识”，反对“台独”，谋求台海和平稳定，促进两岸关系发展，维护两岸同胞利益，是两党的共同主张。

——促进两岸同胞的交流与往来，共同发扬中华文化，有助于消弭隔阂，增进互信，累积共识。

——和平与发展是二十一世纪的潮流，两岸关系和平发展符合两岸同胞的共同利益，也符合亚太地区和世界的利益。

□ 2005年4月29日下午，胡锦涛在北京人民大会堂会见中国国民党大陆访问团成员。

两党基于上述体认，共同促进以下工作：

一、促进尽速恢复两岸谈判，共谋两岸人民福祉

促进两岸在“九二共识”的基础上尽速恢复平等协商，就双方共同关心和各自关心的问题进行讨论，推进两岸关系良性健康发展。

二、促进终止敌对状态，达成和平协议

促进正式结束两岸敌对状态，达成和平协议，建构两岸关系和平稳定发展的架构，包括建立军事互信机制，避免两岸军事冲突。

三、促进两岸经济全面交流，建立两岸经济合作机制

促进两岸展开全面的经济合作，建立密切的经贸合作关系，包括全面、直接、双向“三通”，开放海空直航，加强投资与贸易的往来与保障，进行农渔业合作，解决台湾农产品在大陆的销售问题，改善交流秩序，共同打击犯罪，进而建立稳定的经济合作机制，并促进恢复两岸协商后优先讨论两岸共同市场问题。

四、促进协商台湾民众关心的参与国际活动的问题

促进恢复两岸协商后，讨论台湾民众关心的参与国际活动的问题，包括优先讨论参与世界卫生组织活动的问题。双方共同努力，创造条件，逐步寻求最终解决办法。

五、建立党对党定期沟通平台

建立两党定期沟通平台，包括开展不同层级的党务人员互访，进行有关改善两岸关系议题的研讨，举行有关两岸同胞切身利益议题的磋商，邀请各界人士参加，组织商讨密切两岸交流的措施等。

两党希望，这次访问及会谈的成果，有助于增进两岸同胞的福祉，开辟两岸关系新的前景，开创中华民族的未来。

胡锦涛会见连战
对两岸关系发展提出四点建议

中共中央总书记胡锦涛2006年4月16日上午在北京会见前来参加两岸经贸论坛的中国国民党荣誉主席连战和台湾各界人士。他指出，求和平、促发展、谋合作是时代的潮流。在这样的大势下，我们更应该站在历史的新高度来审视和处理两岸关系，维护台海和平稳定，促进两岸交流合作，最大限度地为两岸同胞谋和平、谋福祉。两岸同胞携起手来，牢牢把握两岸关系和平发展这个主题推动两岸关系朝着和平稳定的方向发展，使我们的感情更融洽、合作更深化，共同开创两岸关系和平发展的新局面，共同促进中华民族的伟大复兴。

上午10时，胡锦涛来到人民大会堂北大厅，同中国国民党荣誉主席连战和夫人，副主席吴伯雄、江丙坤、关中、林益世，新党主席郁慕明等亲切握手，并同出席两岸经贸论坛的全体人员合影留念。

会见时，胡锦涛首先向参加两岸经贸论坛的台湾各界人士致以诚挚的问候。他说，在这春意盎然的时节，有机会同连主席和夫人再次会面，同各位副主席、郁慕明主席以及众多的朋友们相见，我感到十分高兴。

胡锦涛代表中共中央对论坛的成功举办表示热烈的祝贺。他说，举办这次论坛，是我们两党继续开展交流和对话的一次重要活动，也是两岸同胞共商和平发展大计的积极作为。两天来，与会代表以务实、

□ 2006年4月16日上午，胡锦涛在北京人民大会堂会见连战一行。

前瞻的态度探讨了两岸经贸合作当前亟待解决的现实问题和未来发展的方向，提出了富有启迪的看法和建言。在两岸各界人士共同努力下，这次论坛取得了重要成果，形成了“两岸经贸论坛共同建议”。去年，也是在春暖花开的4月，连主席率中国国民党访问团首次来到大陆，我同连主席进行了富有成果的会谈，双方发表了“两岸和平发展共同愿景”。那次会谈，掀开了两党关系史上新的一页，对台海局势和两岸关系的发展产生了重大影响，得到两岸同胞的广泛认同，也受到国际社会的高度评价。一年来，我们两党为落实达成的各项共识，进行了积极努力，两岸关系出现了朝着和平稳定方向发展的良好势头。事实充分证明：两岸加强交流，共同维护台海和平稳定，共同为两岸同胞谋福祉，是包括两岸同胞在内的所有中华儿女的殷切期盼。

胡锦涛强调，和平发展理应成为两岸关系发展的主题，成为两岸同胞共同为之奋斗的目标。胡锦涛就推动两岸关系和平发展提出四点建议。

第一，坚持“九二共识”，是实现两岸关系和平发展的重要基础。50多年来，虽然两岸尚未统一，但是大陆和台湾同属一个中国的事实没有改变，两岸同胞血浓于水的民族感情也没有改变。14年前，两岸双方正是基于这一共同认识，本着求同存异的精神，达成了“九二共识”，开启了1993年的“汪辜会谈”。去年，也正是在坚持“九二共识”的基础上，我们两党达成了“两岸和平发展共同愿景”，提出了为两岸同胞谋和平、谋福祉的一系列重要举措。

近些年来，两岸关系波折不断，根本原因就在于“台独”分裂势力罔顾民意，竭力否定“九二共识”，蓄意破坏大陆和台湾同属一个中国的现状。事实表明，坚持“九二共识”，才能实现两岸和平发展、共同繁荣；坚决反对和遏制“台独”，才能消除危害两岸关系和平发展的最大威胁。

第二，为两岸同胞谋福祉，是实现两岸关系和平发展的根本归宿。实现两岸关系和平发展，目的是维护和发展两岸同胞的利益。我们任何时候都要把两岸同胞的利益放在首位。我曾多次说过，凡是关系到台湾同胞切身利益的事情都要认真对待，凡是对台湾同胞作出的承诺都要认真履行。在这里，我要再次郑重表示，我们将忠实履行对台湾

□ 2006年4月14日上午，首届两岸经贸论坛在北京开幕。

同胞作出的承诺，既不会因局势的一时波动有任何改变，也不会因有少数人的干扰和破坏而有任何改变。

第三，深化互利双赢的交流合作，是实现两岸关系和平发展的有效途径。20多年来，两岸民间交流合作蓬勃发展，基本形成了互补互利的格局，两岸同胞的利益已更加紧密地联系在一起。在经济全球化和区域经济一体化趋势加快发展的形势下，两岸有识之士对深化两岸经贸合作都有着强烈的紧迫感。深化两岸经贸合作，是关系两岸发展前途和两岸同胞利益的大事。我们将采取积极举措，促进早日实现两岸直接“三通”，加强两岸农业合作，推动两岸教育交流，促进早日实现大陆居民赴台旅游，扩大台湾同胞在大陆就业的范围，等等，以利于促进两岸交流、扩大两岸互利合作，为两岸关系和平发展创造更有利的条件。

第四，开展平等协商，是实现两岸关系和平发展的必由之路。我们历来主张，两岸应本着前瞻性、建设性的态度进行对话和谈判，心平气和地解决彼此间的各种问题。去年，我同连主席会谈时已经达成共识，双方要共同促进两岸在“九二共识”的基础上尽速恢复平等协商，就共同关心和各自关心的问题进行讨论。只要谈起来，就可以务实协商台湾同胞关心的各种问题，为两岸共同发展开辟道路。

中共中央政治局委员、国务院副总理吴仪，中共中央政治局候补委员、中共中央书记处书记、中共中央办公厅主任王刚，中共中央台湾工作办公室主任陈云林参加了会见。

胡锦涛：
国共两党共同举办论坛取得丰硕成果

中共中央总书记胡锦涛2007年4月28日上午在人民大会堂会见参加第三届两岸经贸文化论坛的全体代表时指出，两年前，他和连主席在这里举行了历史性会谈，共同发布了“两岸和平发展共同愿景”。两年来，国共两党有关方面共同举办了两届论坛，围绕两岸同胞共同关心的两岸关系中的热点问题展开了研讨，取得了丰硕成果，产生了积极影响。

他指出，本届论坛以两岸直航、旅游观光、教育交流为主题，反映了两岸同胞扩大交往、加强合作的迫切愿望，符合两岸互惠互利、共同发展的现实需要，体现了国共两党促进两岸关系和平发展的共同心愿。他表示衷心祝愿本届论坛取得圆满成功。

加强两岸经贸文化交流是人心所向大势所趋

胡锦涛指出，两岸关系发展的实践证明，两岸分则两害，合则共赢。当前，大陆经济发展强劲，为两岸经济交流合作提供了更为广阔的空间，更强劲的动力和更优越的条件。加强两岸经贸文化的交流合作，增进两岸同胞福祉，促进中华民族的伟大复兴，是人心所向，大势所趋。

他指出，我们衷心地希望两岸同胞更紧密地携起手来，促进两岸的人员往来和经济文化的交流合作，制止“台独”分裂活动，维护台海和平，把我们共同的美好家园维护好，建设好。

连战：国共两党达成五点“共同愿景”受到人民肯定

中国国民党荣誉主席连战2007年4月28日在与中共中央总书记胡锦涛共同会见参加两岸经贸文化论坛的全体代表时说，两年前，中国共产党和中国国民党本着正视现实、开创未来的体认，坚持“九二共识”、反对“台独”的主张，达成了五点“共同愿景”。几年来，这受到了两岸人民普遍的肯定和欢迎。

他说，两党依据这种精神，前后举办了两次论坛以及多次研讨，为两岸人民做出很多贡献，尤其是对台湾人民，无论是工商企业界，还是农民、学生、基层民众，都大幅度地促进了他们的权益和福祉。

共同努力实现共创和平、共促稳定、共谋发展、共享繁荣

连战说，本届论坛的举办意义非常重大，相信通过大家的共同努

□ 2007年4月28日，胡锦涛会见出席第三届两岸经贸文化论坛的嘉宾，并同全体与会代表一起合影。

□ 2007年4月28日上午，第三届两岸经贸文化论坛在北京开幕。

力，一定可以实现共创和平、共促稳定，共谋发展，共享繁荣。

连战说，当前对于两岸关系拉扯的力量仍然非常强大，经验告诉我们，要把两岸关系勇敢不懈地向前推进，我们必须秉持既有的几个理念和坚持。第一，一定要加强彼此的交流，交流才是硬道理，才是主动力。今天，大陆已经向全世界开放，但是两岸关系由于大家所熟悉的原因仍然踟蹰不前，所以，如何使两岸快速地接轨，广泛地开展交流合作，是我们非常强调的一个重点。

他说，另外，在当前的情势下，我们非常重视协商的功能。有协商才谈桥梁，由协商来代替对抗，我们乐见任何有助于两岸协商的努力，乐观其成。中国国民党也将一秉初衷，继续本着搭桥铺路的理念，通过对话，把两岸关系推向更新的里程。

连战说，第三，我们必须坚持双赢的目标，互惠互利是当前全球的主旋律，我们一定要在大家和解互助、和谐相处、和平共荣的双赢理念之下，快马加鞭，全力以赴，这个方向所获致的成果已经相当丰硕，大家同蒙其利，我们愿意再做努力。这次论坛提出两岸直航以及观光旅游、文化教育交流的主题，就是根据这些理念提出的一些重要议题。

胡锦涛会见
中国国民党荣誉主席连战一行

中共中央总书记胡锦涛2008年4月29日下午在钓鱼台国宾馆会见了中国国民党荣誉主席连战和夫人及随行的访问团成员。胡锦涛指出，当前台湾局势发生了积极变化，两岸关系呈现出良好发展势头。两岸双方应当共同努力，建立互信、搁置争议、求同存异，共创双赢，切实为两岸同胞谋福祉、为台海地区谋和平，开创两岸关系和平发展新局面。

会见时，胡锦涛首先感谢连战先生向大陆同胞赠送台湾著名艺术家的雕塑作品，表达广大台湾同胞对北京奥运会的真诚祝愿。

胡锦涛表示，今天与连战荣誉主席再度相见，有着特殊的意义。三年前的今天我们进行的会谈，是中国共产党和中国国民党的主要领导人时隔60年后的首次正式会谈。我们共同发布的"两岸和平发展共同愿景"，郑重宣示了国共两党推动两岸关系和平发展的决心和诚意，奠定了双方合作的政治基础，指明了两岸关系发展的正确方向。事实充分证明，在两岸关系发展的关键时刻，国共两党共同迈出的这历史性一步，是十分正确的。

胡锦涛指出，"两岸和平发展共同愿景"是国共两党向两岸同胞作出的庄严承诺。我们应该以此为遵循，大力加强两岸人员往来和经济文化等各领域交流合作，在“九二共识”的基础上尽早恢复两岸协商谈判，务实解决各种问题，切实为两岸同胞谋福祉、为台海地区谋和平。

胡锦涛强调，对于两岸关系发展面临的一些历史遗留问题和今后出现的新情况新问题，只要双方以两岸同胞福祉为念、以两岸关系和平发展大局为重，建立互信、搁置争议、求同存异、共创双赢，就一定能够找到解决问题的办法，两岸关系和平发展的道路就一定会越走越宽广。

胡锦涛表示，中华民族正迎来实现伟大复兴的光明前景。这是两岸同胞和全体中华儿女的共同荣耀。两岸同胞是血脉相连的命运共同体，同属中华民族这个大家庭。衷心希望两岸同胞进一步携起手来，共同开创两岸关系和平发展新局面，共同实现中华民族伟大复兴，共同促进人类和平与发展的崇高事业。

连战表示，2005年以后，国共两党对两岸关系发展已形成共同的看法，并体现在“两岸和平发展共同愿景”中，成为两岸关系和平发展的指导方针，这是划时代的里程碑，意义重大。两岸人民的福祉必须建立在两岸关系和平发展基础上。两岸应当掌握契机，在经济、文化、教育、社会、安全等层面加强交流合作，创造有利条件和环境，在两岸关系和平发展的康庄大道上携手前进。

中共中央政治局委员、国务院副总理王岐山，中央书记处书记、中央办公厅主任令计划，中共中央台办主任陈云林，中共中央总书记办公室主任陈世炬等参加了会见。

会见结束后，胡锦涛在钓鱼台宴请连战夫妇和访问团主要成员。

胡锦涛电贺吴伯雄当选中国国民党主席

中国共产党中央委员会总书记胡锦涛2007年4月7日致电吴伯雄，祝贺他当选为中国国民党主席。贺电全文如下：

台北

中国国民党中央委员会

吴伯雄先生：

值此先生当选中国国民党主席之际，谨致祝贺。由衷期望贵我两党为两岸同胞谋福祉，继续努力推动两岸关系和平稳定发展，共创中华民族美好未来。

中国共产党中央委员会总书记胡锦涛

二〇〇七年四月七日

吴伯雄复电
感谢胡锦涛祝贺他当选中国国民党主席

中国国民党主席选举当选人吴伯雄2007年4月8日致电中国共产党中央委员会胡锦涛总书记，感谢胡锦涛总书记对他当选中国国民党主席的祝贺。

吴伯雄在复电中表示："贺函敬悉，谨致谢忱。本人出任中国国民党主席后，将循贵我两党二〇〇五年四月二十九日公报之五点共同愿景，持续推动，以促海峡两岸之和平与发展。"

胡锦涛会见萧万长
谈两岸经济合作机遇

中共中央总书记胡锦涛4月12日在博鳌会见了萧万长先生率领的台湾两岸共同市场基金会代表团一行，就两岸经济交流合作问题交换意见。胡锦涛强调，当前，两岸经济交流合作面临着重要的历史性机遇，需要双方共同努力，大力推进。在新的形势下，我们将继续推动

□ 4月12日下午，胡锦涛在海南省博鳌会见出席博鳌亚洲论坛2008年会的两岸共同市场基金会董事长萧万长。

两岸经济文化等各领域交流合作，继续推动两岸周末包机和大陆居民赴台旅游的磋商，继续关心台湾同胞福祉并切实维护台湾同胞的正当权益，继续促进恢复两岸协商谈判。

会见中，胡锦涛首先对萧万长先生一行前来出席博鳌亚洲论坛2008年年会表示欢迎，并表示，众多的海内外各界人士出席本次论坛年会，从一个侧面反映了亚洲各国各地区加强交流、促进合作、寻求共赢的强烈愿望，也给我们在新形势下深入思考两岸经济交流合作提供了重要启示。

萧万长说，他自2003年以来每年都率团出席博鳌亚洲论坛年会，受益良多。萧万长表示，两岸经济密不可分。长期以来，两岸经贸关系发展一直发挥着稳定两岸关系的正面作用。两岸经济交流与合作克服了种种不利因素取得进展，得来不易。现在是一个新的开始。希望尽快启动两岸周末包机，并实现大陆居民来台湾旅游。希望能尽快恢复两岸协商，以利交流与合作。实现两岸直航和经贸关系正常化是必走的路，而且代表着海峡两岸人民近60年来首次实现全面开放性交流，具有长远的意义。政策要开放，态度要务实，步伐要稳健，两岸经济交流与合作才能走得顺，也才能为两岸人民创造更大的利益。希望能正视现实、开创未来，搁置争议，追求双赢，为两岸关系开创互信、互谅、互助、互利的新时代。

在认真听取了萧万长先生的意见后，胡锦涛表示，早在30年前，我们就主张开展两岸经济交流合作。自上个世纪80年代两岸同胞隔绝状态被打破以来，经过20年的发展，两岸经济交流合作取得了显著成就，形成了互惠互利的良好发展局面。事实充分证明，开展两岸经济交流合作，是两岸关系发展中最有活力的因素，是增进两岸同胞福祉、扩大两岸共同利益的有效途径。

胡锦涛指出，近八年来，由于众所周知的原因，两岸关系屡屡出现波折，两岸经济交流合作也因此受到严重干扰。这种局面是两岸同胞都不愿看到的。在当今世界经济竞争更为激烈的形势下，两岸同胞应该抓住难得机遇、共同应对挑战、切实加强合作、努力共创双赢。

胡锦涛强调，实现两岸关系和平发展，是两岸同胞的共同愿望所系、共同利益所在。当前两岸关系正朝着和平稳定的方向发展，两岸同胞加强两岸交流合作的愿望进一步增强。这是人心所向、大势所趋。两岸同胞是一家人，是血脉相连的命运共同体，两岸关系的前途应该掌握在两岸同胞自己手中。我们推动两岸关系和平发展的信念不会动摇。希望两岸同胞携手努力，共同开创两岸关系和平发展新局面。

会见结束时，胡锦涛请萧万长先生代为转达对马英九、吴伯雄、连战等人的问候。

中共中央书记处书记、中央办公厅主任令计划，中共中央书记处书记、中央政策研究室主任王沪宁，中共中央台湾工作办公室、国务院台湾事务办公室主任陈云林，中共海南省委书记卫留成，中共中央总书记办公室主任陈世炬等参加了会见。

吴伯雄接受邀请将率团访问大陆计划拜祭中山陵

中国国民党主席吴伯雄接受中共中央和胡锦涛总书记邀请，将率中国国民党大陆访问团访问大陆。据台湾《联合报》报道，吴伯雄将此行定位为“工作会谈”，一方面要为马英九两岸关系开路，一方面也要赴中山陵祭陵。

吴伯雄强调此行不能“为去而去”，必须对两岸和平发展、兑现台湾地区候任领导人马英九政见有正面帮助。

国民党党政高层透露，吴伯雄认为访问大陆，最重要的就是追求双赢、搁置争议吴伯雄认为，2005年胡锦涛总书记与时任国民党主席连战会谈五项愿景已列入国民党政纲，有些已经实现，未完成的要继续努力。

据报道，吴伯雄不排除提出“认养灾区”构想，希望借此建立良性互动。他认为，震灾复建之路非常漫长，国民党愿尽心力。幕僚透露，吴伯雄在佛光山宣布募款的第二天，就捐出100万元新台币。

中国国民党概况

中国国民党系中国历史上第一个资产阶级政党，由中国近代革命先行者孙中山先生创立。其前身是兴中会、中国同盟会、国民党、中华革命党。孙中山先生于1911年将中华革命党改组为中国国民党。该党于1927年完成形式上的全国政权统一，并一直统治大陆至1949年。1949年，国民党政权在大陆彻底失败，是年12月11日，国民党中央党部由大陆迁往台北。蒋介石连任“总裁”至1975年4月5日去世。蒋介石去世后，废除“总裁”制，党的首脑改称中央委员会主席，由蒋经国连任至1988年1月13日去世。其后则由李登辉继任至2000年3月。

国民党在2000年“总统”大选中失败，国民党自此沦为台湾在野党。李登辉也被迫下台，由连战任代理党主席。2000年6月18日，国民党召开“十五全”临时会，会上连战正式当选为党主席。后李时代的国民党全面整顿李登辉的“台独”路线，并于9月21日撤销李的党籍。7月29日，国民党召开“第十六次全国代表大会”通过了新修订的党章、党纲。新修订的党章称，“本党基于三民主义的理念，建设台湾为人本、安全、优质的社会，实现中华民国为自由、民主、均富和统一的国家”。这表明，现在国民党一方面强调自身已经“本土化”，要全力“建设台湾”，另一方面仍以“中华民国”为国本，不忘国家统一大业。该党章还表示国民党要“复兴中华文化，实行民主宪政，反对共产主义，反对分裂国土，共同为中华民族之整体利益而奋斗”。这体现了国民党“反共”与“反台独”的性质。

国民党并在“十六全”通过题为“国家新蓝图，台湾新动力”的政策纲领，提出“国家至上，人民第一，台湾优先，永续发展”16字原则。在两岸关系上，国民党承认“九二共识”。在新制定的“政纲”中强调，要在“九二共识”基础上，“追求两岸和平稳定关系，建立军事互信机制，建构台海和平区”，主张“两岸搁置政治争议，从事制度竞赛，进行全面政经建设，塑造政治民主、经济自由的现代化国家。积极恢复两岸制度化协商；加强全方位交流，推动城市交流、政党交流、高层互访。配合全球运筹中心，推动两岸经贸松绑；促进两岸资金、人员及资讯移动透明化，创造国际企业策略联盟的环境”。

2005年7月，马英九以72.36%的得票率当选为国民党主席，马英九是国民党历史上第一位差额直选出来的党主席，也是岛内最富有人气的政治明星。2007年2月，马英九因“特别费”案遭起诉后，辞去党主席职务。

吴伯雄接任代理主席一职，但后来又辞去代理主席职位，参加主席补选，并在2007年4月7日举行的中国国民党主席补选中，当选中国国民党主席。

国民党在机构设置上，以“全国代表大会”为最高权力机关，由全体党员推选党代表参加“全代会”，再由党代表选举出中央委员会委员（本届共210名）。中央委员经互选选出31名中央常务委员，组成中央委员会常务委员会，作为国民党处理日常事务的最高权力机构。国民党设党主席一人，由全体党员直选产生。党的副主席、党中央秘书长由党主席提名，经“全代会”通过产生。中央党部常设机构主要有：考试纪律委员会，主要负责判定党员是否违反党纪，并对违纪党员进行处分或提出处争意见，李登辉被撤销党籍就先由考纪会提出，再由中常会确定的；投资事业管理委员会，主要负责对党产进行管理、经营等；行政管理委员会，主要负责国民党日常的行政事务；发展组织委员会，主要负责发展新党员，进行选举动员等；文化传播委员会，主要负责为党进行文宣，此外还有政策委员会、“国家发展研究院”等。国民党在台湾各县市都设有地方党部，它们的主要功能是服务地方党员，发展地方力量，在选举时进行辅选等。国民党还下设了一些特殊党员，如针对退伍军人及家属的“黄复兴党部”等。

李登辉主政的12年期间，逐渐偏离一个中国路线，将中国国民党改造为“台湾国民党”，导致党内理念不清、路线争议不断，新党、亲民党相继出走。为凝聚人心，国民党决定重新确立立党理念和路线。

（一）政治定位方面：明确声明国民党是“中华民国的中国国民党，不是外省党，也不是台湾党，更不是台独党”，“本土化”绝不是族群化、省籍化、更不是“去中国化”。

（二）两岸关系方面：全面清除李登辉分裂路线影响，回归“一个中国”路线。强调国民党对于“一个中国”的立场始终如一，依循“国统纲领”，在“九二共识”的基础上，追求两岸和平稳定关系，建立军事互信机制，建构台海和平区，在台湾优先的前提上，逐步迈向民主、自由、均富的统一。两岸搁置政治争议，从事制度竞赛，走向全面政经建设，形朔政治民主、经济自由的现代化国家。积极恢复两岸制度化协商，加强全方位交流，推动城市交流、政党交流、高层互访。推动两岸经贸松绑，促进两岸资金、人员及资讯移动透明化，创造国际企业策略联盟的环境。

（三）在“国防外交”方面：建构全民参与的现代化“国防”，以精实军队战力，落实“有效吓阻、防卫固守“的战略指导。扩大区域合作，积极参与国际活动及国际组织，巩固、增进与“邦交国”的关系，积极拓展与其他非“邦交国”的实质关系。团结全球华侨，弘扬中华文化，共同建构全球华侨的生命共同体。

（四）政治方面：遵守“宪法”及“增修条文”，坚决贯彻“双首长制”；坚持政党政治与责任政治原则，建立优质化民主。制定政党法及政治献金法，并对政党投资或经营营利事业进行合理规范与限制。进行选区重划，“立法委员”选举制度改采“单一选区两票制”等等。

（五）经济方面：提升科技研发水准，编列研发经费，引导民间投入研发工作，以强化产业竞争力。开放“三通”、松绑“戒急用忍”，建构以台湾为中心的矽谷台北、上海以及东京、台北、上海“双黄金三角”，以巩固台湾在全球经贸体系中的关键地位。促进就业机会、改善就业环境，保障劳工权益，增进劳资和谐。

台湾地区第七届“立法委员”选举2008年1月12日举行。在总共113个“立委”席次中，中国国民党获得81席。

2006年两岸春节包机落幕
来大陆台胞多为观光旅行

2006年2月7日15时30分，随着厦门航空公司最后一个航班MF884，搭载着133名台湾旅客从台湾高雄飞抵厦门，标志着2006年两岸春节包机就此圆满画上句号。

根据记者从各家航空公司了解到的统计数字显示，从1月20日至今，两岸12家航空公司在14天的春节包机时间里，共执行72个航班，往返144架次，运送旅客27402人次。其中台湾长荣、立荣、华航、华

□ 2006年2月7日，搭乘航班的台胞办理出境手续后，热情向边检人员挥手告别。

信、复兴、远东6家航空公司运送旅客15042人次，大陆国航、海航、东航、上航、南航、厦航6家航空公司运送旅客12360人次。由于今年春节包机旅客乘坐范围扩大至所有持合法有效证件的台湾同胞，并增加了厦门航点，因此，参与春节包机的12家航空公司上座率均比去年有较大幅度的提高，平均在七八成左右。大陆东方航空公司以10个航班、20个往返架次、运送旅客3766人次，成为2006年两岸春节包机12家航空公司第一名。而台湾长荣航空以九成五的搭载率，成为今年春节包机上座率最高的公司。

据悉，春节前从岛内乘包机来大陆的台湾旅客中，八成以上为旅行社组织的大陆观光旅行团。这些台胞表示，坐包机来大陆，不仅省时、省钱，还可以利用假期观赏到大陆美丽风光和人们过年的各种不同习俗。他们说，春节包机不如节日包机，节日包机不如直接“三通”。

两岸航空业者也表示，希望包机能够增加航点和航班，不在绕经香港飞行情报区，乘坐范围应顾及到两岸民众，他们更希望两岸“三通”能够早日到来。

两岸农业合作成果展览暨项目推介会在厦门开幕

2006年10月19日随着中共中央政治局委员、国务院副总理吴仪与中国国民党荣誉主席连战今天共同启动电子按钮，由中共中央台办海研中心和中国国民党国政研究基金会联袂主办的“海峡两岸农业合作成果展览暨项目推介会”在此间启幕。

在推介会举办地厦门国际会展中心中央大厅，写有“春犁秋荣”四个大字的六盏巨型大红灯笼高挂上空，异常醒目。两旁立柱各挂一幅巨型对联“祖溯源仰妈祖慈颜桑梓棣棠逢盛会”、“农为本奉神农遗泽茶粮花果共馨香”，使人仿佛置身浓烈的中国传统节日喜庆气氛之中。中台办主任陈云林、中国国民党国政研究基金会副董事长林丰正共同主持、与数千名与会嘉宾共同见证两岸农业合作成果展介的精彩一刻。

陈云林称，本次盛会是多年来两岸农业合作成果的一次集中展示，会上将举办推介和签约仪式，为两岸农业组织和农业企业开展交流合作，提供一个新的平台。本次展介会，两岸同胞共同参与，特别是台湾同胞克服种种不近情理的阻挠、障碍，踊跃参展，充分证明推动两岸农业交流与合作，是两岸同胞的人心所向，同时也预示着两岸农业交流合作的勃勃生机和美好前景。

中国国民党副主席吴伯雄说，刚刚在博鳌参加完两岸农业合作论坛，获得了丰硕成果，现在又来到厦门这么漂亮的城市出席两岸农业

□ 2006年1月16日,来自宝岛台湾的新鲜特色水果一齐亮相苏州,抓人眼球。

合作成果展览暨项目推介会，看到两岸相关人士这么踊跃参加，非常兴奋和感佩。他诙谐地表示，人们说，中国国民党副主席好像很多，其实也不多，现有五个副主席全都来了。

吴伯雄表示，去年追随连战荣誉主席前来大陆做了历史性的和平之旅，今年四月又到北京参加经贸论坛，如今在这里参加农业合作成果展介会，正一步一步把两岸的经贸合作推向一个规模越来越大、合作越来越深的道路。

据了解，在今明两天的会期内，在展介会近两万平方米的六个展区、近六百个展位的展会大厅，将有来自台湾的近百家农业企业和农业组织、七百多种台湾农产品及水果在厦门亮相；同时还将举办多场两岸农业合作推介会、洽谈会和项目签约仪式。

首次两岸清明包机圆满结束

随着2007年4月8日最后一班清明包机——由复兴航空公司执飞的GE302航班，于21时33分从上海浦东机场载着147名台胞起飞后，上海航点的两岸清明包机航班圆满完成。两岸11家航空公司总计执飞了21个往返航班共42班次。

8日是上海航点清明包机最繁忙的1天。从上午10时至晚间9时许，两岸清明包机有5个往返航班、共10个架次在上海浦东机场起降。除了上航1个航班以外，台湾的远东、复兴、长荣和中华航空也各执

□ 2006年1月25日上午，郑立中出席两岸春节包机厦门航点首航仪式并接受海内外媒体采访。

飞了1个清明包机往返航班。

据了解，这次两岸清明包机航班集中在3月30日、31日和4月3日、4日、7日、8日，有5家大陆航空公司和6家台湾航空公司参与，航点为北京、上海、广州、厦门与台北、高雄。

清明包机结束后，两岸民众对包机周末化、常态化更充满期待。华航上海代表处已接到台胞数十个电话，打探即将到来的“五一”节是否有直飞两岸的包机。

胡吴会从地震切入话题
“512”收获台湾情

台湾《经济日报》5月29日刊文说，1999年台湾“921”大地震发生时，两岸关系正陷入近十年的低潮期。今年大陆“512”汶川大地震，两岸关系却开始拨云见日。台湾社会在四川地震后慷慨援助，更让昨天中共中央总书记胡锦涛与中国国民党主席吴伯雄两人在会谈时，不约而同先后从地震切入话题。

胡锦涛表示，地震发生后当天下午，国民党中央委员会就立即发

□ 5月28日，中国国民党大陆访问团在北京举行记者会。

来慰问电。随后台湾各界也以各种方式表达对地震灾民的关心，并给予慷慨援助和支持。他说，“天灾无情，人有情，台湾同胞的爱心善举感人至深”，他代表灾民表达由衷的感谢。吴伯雄表达国民党与台湾各界愿意继续支持大陆灾后重建，并引台湾《联合报》日前的社论指出，两岸无法保证日后不会再有地震，却可以透过双方共同努力，确保台海永远不会有战争。

文章说，台湾民众与台商在四川地震后对灾民表达的真切关怀，也改变不少大陆民众对台湾及台商的印象。文章引述大陆一名台办官员表示，地震发生后，5月17日在江西南昌举办一场关于台商转型升级的座谈会时，会中他听到许多台商彼此寒暄的话题，都是赈灾捐款、捐赠物资这类事情，让他顿时大受感动。

台湾《联合报》特派记者从北京发回的报道也提到，中共中央总书记胡锦涛，5月28日下午在人民大会堂欢迎国民党主席吴伯雄一行，四川大地震与“中华民族的情感”，成为国共两党领袖谈话重点。

中台办、国台办主任陈云林就当前两岸关系发表谈话

中共中央台湾工作办公室、国务院台湾事务办公室主任陈云林5月22日就当前两岸关系问题发表谈话。全文如下：

在两岸同胞共同努力下，台湾局势发生了重大的积极变化。事实证明，搞“台独”不得人心。台湾同胞希望社会安定、经济发展、台海和平。两岸关系和平发展已成为两岸同胞共同愿望所系、共同利益所在。

当前，两岸关系呈现良好发展势头，面临难得的重要机遇。我们将继续贯彻发展两岸关系、实现祖国和平统一的大政方针，牢牢把握两岸关系和平发展的主题，继续反对和遏制“台独”分裂活动，为两岸同胞谋福祉，为台海地区谋和平，维护国家主权和领土完整，维护中华民族根本利益，努力开创两岸关系和平发展新局面。

两岸同胞是血脉相连的命运共同体，中国是两岸同胞共同的家园。实现两岸共同繁荣发展，是两岸同胞的共同期盼。2005年中国共产党和中国国民党领导人共同发布的“两岸和平发展共同愿景”，指明了两岸关系发展的正确方向。对于两岸关系中存在的历史遗留问题和今后遇到的新问题，应当也完全可以在两岸关系和平发展的过程中寻求解决办法。在新形势下，台湾方面表达了促进两岸关系发展的积极愿望。我们希望，两岸双方以两岸同胞福祉和中华民族整体利益为重，建立互信，搁置争议，求同存异，共创双赢，扎实推动两岸关系不断改善和发展。

当前，两岸双方正为在“九二共识”基础上恢复协商谈判作出积极努力，并展开相关准备。我们期待，正式恢复协商后，双方共同努力，通过平等协商，务实解决台湾同胞关心的各种问题，并不断取得实际成果，促进两岸交流合作取得新进展，逐步构建两岸关系和平发展新框架，以造福两岸同胞。

在新的形势下，我们将更为努力地推动两岸直接“三通”进程，更为努力地促进两岸经济文化等各项交流合作，更为努力地推进两岸同胞和社会各界的交往，扩大两岸同胞的共同利益，厚植两岸同胞的共同文化根基，增进两岸同胞的手足亲情，让中华民族精神在两岸关系和平发展的进程中焕发新的光彩，世代永续传承。我们理解、信赖、关心台湾同胞，尊重台湾同胞爱乡爱土的情感、当家作主的愿望，将继续实施和充实惠及广大台湾同胞的政策措施，切实维护台湾同胞的正当权益。对于一些由于对大陆缺乏了解而对发展两岸关系存在误解、疑虑的台湾同胞，我们都将以诚相待，欢迎他们来大陆访问、交流，增进相互理解，努力实现两岸同胞大团结，促进两岸关系大发展。

在新的形势下，我们将继续加强与台湾各党派、团体和各界人士的交流，共同致力于促进两岸关系和平发展。对于那些曾经对“台独”抱有幻想、主张过“台独”甚至从事过“台独”活动的人，我们热忱欢迎他们回到两岸关系和平发展的正确道路上来。

四川汶川大地震发生后，广大台湾同胞以各种方式给予灾区同胞深切关怀和无私援助，充分体现了血浓于水的同胞爱、骨肉情。这一感人肺腑的篇章，将永载两岸关系的史册。

两岸关系和平发展的前途，掌握在两岸同胞自己手中。中华民族伟大复兴的美好未来，属于包括台湾同胞在内的全体中华儿女。我们相信，两岸同胞有足够的智慧和能力，共同开创两岸关系和平发展新局面，共同迎来中华民族繁荣昌盛的明天。

南京、北京、上海之旅

吴伯雄一行抵达南京

中国国民党主席吴伯雄率领的中国国民党大陆访问团一行16人，2008年5月26日下午乘坐东方航空公司包机抵达南京禄口国际机场，开始对大陆为期6天的访问。中共中央台湾工作办公室主任陈云林前往机场欢迎吴伯雄一行。

在欢迎人群热切的期盼中，东航包机缓缓降落在机场跑道。现场

□ 5月26日，吴伯雄一行乘包机抵达南京禄口国际机场，开始为期6日的大陆访问行程。

□ 5月26日，吴伯雄抵达南京，陈云林到机场迎接。

拉起了“欢迎中国国民党大陆访问团”的横幅。

飞机舱门打开，吴伯雄在热情的掌声和欢迎声中，边挥手边走下舷梯。

在欢迎仪式之前，在停机坪鲜花环绕的临时演讲台上，应吴伯雄的提议，访问团与现场欢迎人员首先为四川省汶川地震中的遇难同胞默哀一分钟。

受中共中央和胡锦涛总书记委托，中共中央台湾工作办公室主任陈云林前往机场欢迎吴伯雄一行。陈云林在致辞中表示，六代古都虎踞龙盘的南京，以喜悦的心情迎来了中国国民党大陆访问团一行，他也带代表700多万热情好客的南京市民欢迎中国国民党访问团一行的到来。

陈云林说，不久前发生的四川汶川地震，牵动着2300万台湾同胞的心，广大的台湾同胞慷慨解囊，捐献钱物，两岸同胞血浓于水手足情深的感情，再次在海峡两岸架起了新的桥梁。他代表灾区人民、大陆同胞，向台湾同胞表示最衷心的感谢和崇高的敬意。

陈云林说，南京是代表团访问大陆行程的第一站。这里长眠着伟大的民主革命先行者孙中山先生。中山先生一生致力于民族的独立、国家的富强、人民的幸福，是两岸同胞共同尊崇的历史伟人。在当前两岸关系发生积极的重大变化之时，中山先生提倡的中华民族要大团结、中华民族要实现伟大复兴的精神，对凝聚两岸同胞的共同感情，对于推动两岸关系和平发展，意义深远。

他说，八年多来台湾海峡风云变幻、乌云飞渡，如今雨过天晴，两岸同胞终于盼来推进两岸关系和平发展的和煦春天。吴伯雄主席和访问团一行带着台湾2300万同胞求和平、求发展、求福祉，希望两岸互惠双赢、共创未来这样一个良好的愿望前来。我们深信，吴伯雄主席及代表团一行这次访问，定将对在新形势下促进国共两党进一步交流沟通和合作续写新的华章，必将对两岸关系和平发展作出重要的贡献。

吴伯雄在随后的讲话中说，四川发生重大地震灾害，在台湾可以看到民间各方面，自动自发对灾情的关怀，和爱心的捐助，是那么热烈，海峡两岸同属中华民族，这种血缘的感情可以看得出来。

吴伯雄说，在两岸关系出现新契机时，大家要把握这一契机，正视历史、面对现实、展望将来。希望两岸不断努力，在“九二共识”之下，搁置争议、求同存异、创造双赢。虽然困难很多，但只要我们双方诚心化解，两岸和平发展一定会越来越有前途。

中国国民党副主席关中、林丰正，国民党中央评议委员会主席团主席林澄枝，国民党秘书长吴敦义、中常委曾永权等访问团成员同机抵达。

前往机场迎接吴伯雄一行的还有中共中央台办常务副主任郑立中、中共江苏省委副书记王国生和江苏省台商代表等。

应中共中央和中共中央总书记胡锦涛的邀请，中国国民党主席吴伯雄率领的中国国民党访问团将从26日起对南京、北京、上海等地进行为期六天的访问。南京是吴伯雄一行此次访问的第一站。

访问团在宁的重点行程是拜谒中山陵——中国民主革命的伟大先驱孙中山先生的长眠之处。

陈云林：吴伯雄大陆之行
必将为两岸和平发展作出重要贡献

中共中央台办主任陈云林5月26日下午前往南京禄口机场，迎接中国国民党主席吴伯雄及其率领的中国国民党访问团一行。

根据吴伯雄的提议，陈云林宣布，访问团与现场欢迎人员一起为四川汶川大地震遇难人员默哀一分钟。随后，陈云林致欢迎词。

陈云林表示，我受中国共产党中央委员会和中共中央总书记胡锦涛的委托，也代表中国共产党江苏省委员会、中共中央台湾工作办公

□ 5月26日，吴伯雄、陈云林等在南京禄口国际机场默哀悼念四川地震遇难者。

室、中国共产党南京市委员会和七百多万热情好客的南京市民，对吴伯雄主席率领的中国国民党大陆访问团一行的到来，表示热烈地欢迎。

陈云林说，不久以前，四川汶川发生了严重地震灾害，灾区人民生命财产蒙受巨大损失，牵动着海峡彼岸2300万台湾同胞的心。国民党中央在第一时间致电中共中央，表达对灾区民众的深切慰问。广大台湾同胞慷慨解囊，捐钱捐物。两岸同胞血浓于水、手足情深的感情，再一次在海峡两岸架起了新的桥梁。他代表灾区人民、大陆同胞，向台湾同胞表示最衷心的感谢和崇高的敬意。

陈云林表示，南京是代表团访问大陆行程的第一站。这里长眠着伟大的民主革命先行者孙中山先生。中山先生一生致力于民族的独立、国家的富强、人民的幸福，是两岸同胞共同尊崇的历史伟人。在当前两岸关系发生积极的重大变化的时刻，中山先生提倡的中华民族要大团结、中华民族要实现伟大复兴的精神，对于凝聚两岸同胞的共同感情，对于推动两岸关系和平发展，意义深远。

陈云林最后说，吴伯雄主席此次带团来访，大家不会忘记八年多来台湾海峡风云变幻、乌云飞渡，如今雨过天晴，两岸同胞终于盼来推进两岸关系和平发展的和煦春天。吴伯雄和访问团一行带着台湾2300万同胞求和平、求发展、求福祉，希望两岸互惠双赢、共创未来这样一个良好的愿望前来。我们深信，吴伯雄主席及代表团一行这次访问，定将对在新形势下促进国共两党进一步交流沟通和合作续写新的华章，必将为两岸关系和平发展作出重要的贡献。

吴伯雄：把握两岸新契机
在“九二共识”下创造双赢

中国国民党主席吴伯雄率领中国国民党访问团一行于5月26日16时36分抵达南京禄口机场。他在抵达机场后表示，此次访问是一个新的时代的开端，愿意通过不断的努力，在“九二共识”之下，搁置争议，求同存异，来创造双赢。

吴伯雄说，这段时间，大陆方面碰到了这么大的地震，大家忙于救灾复建。但是在这样的时刻，中共中央和胡锦涛总书记邀请国民党组团来参访，凸显了一个事实，彼此都觉得两岸的关系是非常重大的。

□ 5月26日，吴伯雄在南京禄口国际机场与前来迎接的台商握手。

在海峡两岸出现新的契机的时候,大家要掌握这个契机,正视历史,面对现实，展望将来。

吴伯雄表示，刚才我一下飞机就建议陈云林主任，我们要为这次四川震灾的不幸的罹难者，加以最深哀悼的致意。在台湾，我们可以看到发自民间各方面，自动自发那种对灾情的关怀跟爱心的捐助，是那么样的热烈。这个时候能证明一点，海峡两岸同属中华民族，这种血缘的感情非常自然。

吴伯雄说，南京是个名城，两岸共同尊敬的孙中山先生就葬在南京的中山陵。明天我们要到中山陵向孙中山先生在天之灵禀告，国民党经过几年的努力重新“执政”，责任更加重大。我们不仅要全心全意为台湾人民谋福祉，而且更要为两岸和平奉献出一份力量来。

吴伯雄说，南京跟台湾之间有着那么深厚的关系，我跟很多台商朋友也期盼着有一天，当两岸直航开始的时候，南京能够被列入为一个重要的点。

吴伯雄表示，今天到大陆做这次访问，我相信这是一个新的时代的开端。我们希望彼此之间能够交换意见，和谐共处。我们愿意通过不断的努力，在“九二共识”之下，搁置争议，求同存异，来创造双赢。

他说，两岸之间搁置争议、求同存异、创造双赢，是胡锦涛总书记所希望的，马英九先生也抱着同样的看法。他并表示，虽然困难很多，但只要我们双方诚心化解，两岸之间的和平发展一定会越来越有前途。

吴伯雄在讲话的最后,对中共中央台办等方面对这次访问周到的安排表示感谢，并祝福大家身体健康、万事如意。

梁保华会见吴伯雄一行

中共江苏省委书记梁保华5月26日晚在南京会见了中国国民党主席吴伯雄率领的中国国民党大陆访问团。

梁保华向客人简要介绍了江苏经济社会发展和苏台两地合作交流情况。他说，两岸关系发展的良好势头，江苏新一轮的改革发展，为苏台经贸合作和其他方面的交流交往提供了更为广阔的前景。我们一定全面贯彻胡锦涛总书记提出的两岸同胞“抓住难得机遇、共

□ 吴伯雄率领的大陆访问团一行在南京受到了市民的热烈欢迎。

同应对挑战、切实加强合作、努力共创双赢”的要求，只要是对台湾同胞有利的事情，只要是对促进两地合作交流有利的事情，只要是对两岸关系和平发展有利的事情，我们都尽最大努力去做，充分抓住两岸关系出现良好趋势的机遇，扩大与台湾各个领域的合作交流，一如既往地热忱欢迎台商来江苏投资兴业，切实保护台湾同胞的合法权益。让我们携手同心，共同努力，为两岸的共同繁荣，为两岸关系的和平发展，为实现中华民族的伟大复兴，作出新的更大贡献。

吴伯雄说，国民党对南京有特殊的感情，这里长眠着两岸共同崇敬的伟人孙中山先生，他的胸襟和理想始终是我们学习、遵循的目标。当前两岸关系发展出现新的契机，我们要珍惜把握，一起来努力。希望双方能正视历史、面对现实、展望未来，不断累积善意，展开良性互动，建立互信、创造双赢。

中共江苏省委副书记、省长罗志军，中共中央台办常务副主任郑立中，中共江苏省委副书记王国生，中共南京市委书记朱善璐等参加了会见。

吴伯雄拜谒中山陵不怕累
民众高喊"伯雄加油"

在民众的掌声和欢呼声中，南京中山陵2008年5月27日早上迎来了继连战之后的第二位来访的中国国民党主席。

"今天来这里禀告总理在天之灵可以安心。"冲天而立的博爱牌坊下，吴伯雄如是说，因为国民党在岛内重新"执政"，也因为两岸之间的雨过天晴。

□ 5月27日，吴伯雄率领的大陆访问团拜谒中山陵。

“累算什么”

5月27日8时20分许，吴伯雄一行在中共中央台办常务副主任郑立中、中共江苏省委副书记王国生陪同下抵达中山陵博爱广场，随后穿过上刻孙中山手书“博爱”二字的牌坊，缓缓踏上墓道，来到陵墓的正门。

横悬着“天下为公”牌匾的中山陵正门，今天为贵宾打开中门，以示礼遇。正门之后，苍松翠柏掩映中，中山陵392级石阶一眼望不到头，石阶之顶就是中山先生的祭坛。1925年，中国民主革命的伟大先行者孙中山先生在北京逝世，1929年葬于南京中山陵。

69岁的吴伯雄一直为腰部骨刺所苦，平常连走路都会不舒服。幕僚们事先都担心，此番谒陵，不啻是对吴伯雄体力的考验。

在大批记者簇拥下，身着深色西装的访问团一行缓步拾级而上。吴伯雄走在最前面，倾听讲解员的解说，时而抬头凝望峰顶，时而与团员笑语，一路面带微笑，全无难色。天气湿热，访问团成员几次歇脚擦汗。一名记者趁机问:“吴主席，累不累？”吴伯雄大声回答:“累，算什么？”访问团只花了大约20分钟的时间就登上了中山陵，过程比大家预想的要轻松许多。

“血缘相连”

祭坛内，面对孙中山石刻坐像，吴伯雄和访问团全体成员肃然而立。祭祀典礼开始后，吴伯雄向孙中山坐像敬献黄色花环，访问团行三鞠躬礼，司仪宣读祭文。

吴伯雄随后在祭坛前挥毫题字:“天下为公，人民最大”。他表示，这是中山先生的思想写照，也是国民党的承诺，而汶川地震发生后，大陆领导人在灾区前线救灾，不怕危险，也是“人民最大”的表现。

回到“博爱”坊前，吴伯雄发表了简短讲话。他说，两岸必须正视历史，面对现实，开创未来。而南京把中山陵维护得这样好，“让我们很感动，这就是正视历史的最好证明。”

吴伯雄说，汶川地震后，国民党中央第一时间致电表达关切和慰问，台湾民间也自动、自发支持灾区，这种感情发自自然、令人感动。“两岸同属中华民族，血缘相连，这是任何人都不能抹煞的。”

吴伯雄说，明年是中山先生安葬中山陵80周年，中国国民党届时将组织更大的代表团来这里参加纪念活动。相信那时已实现直飞，来这里会更加方便。

两岸加油

吴伯雄此行被喻为“雨过天晴之旅”。中共中央台办主任陈云林在南京禄口机场迎接吴伯雄时，以“风云变幻、乌云飞渡”形容过去八年的两岸关系，也强调两岸终于迎来“雨过天晴”。而今天的南京虽然多云，但中山陵却着实有“雨过天晴”的气氛。

“伯雄加油！”“国民党加油！”访问团到达中山陵的一刻，刚一下车，民众热情的欢呼声就响了起来。两位江苏青年干部管理学院的

□ 5月27日上午，吴伯雄拜谒中山陵之后，在博爱广场发表演说。

大二学生在人群中格外显眼，一个打着“伯雄”的标语，另一个则高高举起“你好”标语，他们说，这些标语是宿舍同学连夜赶做的。

在访问团登陵过程中，也有民众夹道随行，不断呼喊“加油”。吴伯雄也不时向人们微笑、挥手。访问团祭陵完毕走下台阶时，一位头发花白的老先生喊道：“希望马英九先生早日来大陆访问。”引起访问团一阵会心的笑声，吴伯雄回答说：“我会转达！”

祭陵之后，吴伯雄在“博爱”坊讲话时，民众加油声甚至一度盖过了音箱。当吴伯雄讲到台湾人对四川地震灾区的关怀和援助时，民众报以热烈掌声，有人大声喊“谢谢”。面对热情的市民，吴伯雄说：“我们邀请南京市民多到台湾来观光旅游，我们一定会热情招待。”

有亲属在台湾的市民汪成美不停地高喊“中华民族大团结万岁”，他还特意准备了好多表达心愿的小纸条，上面写着“国共携手合作，共同开创新时代，振兴大中华！”

66岁的南京市民武子凌晨6时就赶到中山陵等候欢迎吴伯雄一行。他说，过去八年两岸关系“乌云密布”，让我们老百姓也时常感觉难受，现在总算雨过天晴了。所以，我今天特意赶来向吴伯雄主席表示欢迎，为他们加油，也为两岸加油。

中山陵

中山陵在南京东郊钟山风景区内。作为伟大的民主革命先驱孙中山先生的墓地，它以凝重的历史意义、极高的文化价值和优美的园林景致在海内外享有盛誉，成为海内外华人竞相瞻仰的地方。

1925年3月12日，孙中山在北京病逝。遵照先生生前归葬南京东郊钟山之遗愿，南京国民政府决定建造中山陵。1929年春，陵墓主体工程完工，同年6月1日举行了隆重的奉安大典。

中山陵位于紫金山南麓，前临平川，后依青山，气象壮丽。它的设计采取了国际招标形式，最终由中国青年设计师吕彦直中标。陵园平面呈警钟型，寓意为“警钟长鸣，唤醒世人”。陵墓建筑全部覆盖蓝色琉璃瓦，牌坊、陵门、碑亭、祭堂和墓室建筑在一条中轴线上，以宽阔的花岗石台阶连接，紧凑完整，蔚为壮观。陵寝正前方是一座形如折扇的陵前广场，经博爱坊进入墓道，墓道的尽头是气势雄伟的陵

□ 雪后的中山陵银装素裹，吸引了众多海内外游客前往参观。

门，上刻孙中山题写的“天下为公”四字。碑亭内石碑上正面刻有原国民政府主席谭延闿手书的“中国国民党葬总理孙先生于此”。祭堂内刻有孙中山手书的《建国大纲》，正中是孙中山坐姿雕像，墓室里陈放着孙中山卧式雕像。

中山陵结合山峦地势，突出天然屏障，以大片绿茵、宽阔石阶把孤立的小建筑连成整体，苍松翠柏，漫山碧绿，既有时代气息，又蕴民族风格，是中国近代大型群体建筑的杰作。

中山陵园历尽沧桑，在日本侵华战争期间，许多景点建筑毁于炮火之中。新中国成立后，人民政府高度重视对中山陵的保护。刘伯承任南京市长时，曾特地从湖南运来两万株杉树和梧桐树，种植在陵墓四周。1961年，中山陵被列为全国重点文物保护单位。

1966年，为纪念孙中山先生诞辰100周年，中国政府拨款100万元，将中山陵陵门、碑亭、祭堂顶上的琉璃瓦进行了更换，祭堂和墓室的铜门也全部修整如新。1986年，国家又拨专款再次对中山陵的灵堂、碑亭和牌坊加以修葺，并修复了陵墓附近的藏经楼主楼，作为孙中山纪念馆。

中山陵内的多处附属建筑近年来得到了妥善修复和保护，正气亭、永丰社、永慕庐、议政亭、仰止亭、音乐台、流徽榭、行健亭、航空烈士公墓等均修葺一新。中山陵园管理局还将筹集资金，对原国民政府主席林森的别墅——桂林石屋进行修复。

30多年来，中山陵园不断整修拓新，园林总面积达3000多公顷。陵墓周围，郁郁葱葱，景色优美。改革开放以来，中山陵园管理部门对紫金山进行了数次大规模的植树造林，仅补植雪松就达十万株。同时不断采用新技术和先进管理手段，加强对林木的保护管理和治虫、防火工作。如今，这里林海苍茫，花团锦簇，四季各有胜景。

作为国家级重点风景名胜区之一的钟山风景名胜区的主体，中山陵每年吸引观光游客达500万人次，并获得了国家环保总局等单位联合颁发的国际环境管理体系证书。

台媒评连宋吴中山陵题字：飘逸·扎实·秀气

中国国民党主席吴伯雄2008年5月27日上午在南京拜谒中山陵，当场题词“天下为公，人民最大”，字体端正秀气，令人为之一亮。回顾历史，国民党荣誉主席连战、亲民党主席宋楚瑜当年到中山陵都曾题字留念。

台湾东森新闻报道说，宋楚瑜写了29个字最多，连战写了四个字

□ 5月27日，吴伯雄率领国民党大陆访问团完成拜谒中山陵仪式后，挥毫题词“天下为公人民最大”。

最少，三人笔法神韵各有不同。2005年4月27日，连战在中山陵提下“中山美陵”四个字，当时连战单手悬臂写字，书法家评论字体潇洒略带飘逸。

随后，同年5月7日，宋楚瑜在中山陵提了“情为民所系，权为民所用，利为民所谋，民有民治民享，三民主义一统华夏”，专家认为，宋楚瑜这29个字厚实端正，笔锋扎实。而这次吴伯雄题字“天下为公，人民最大”，书法专家认为从笔法来看，这八个字字体端正，字迹秀气，看得出伯公是有备而来。

报道称，不管谁的字迹好看，这些字在中山陵都将永留青史。

吴伯雄一行抵达北京

中国国民党主席吴伯雄率领的中国国民党大陆访问团一行，5月27日下午乘坐东航包机抵达北京首都机场。中共中央台办主任陈云林、北京市委副书记王安顺代表中共中央台湾工作办公室、北京市委全体同仁，到场迎接。

北京是中国国民党大陆访问团的第二站地，接下的两天吴伯雄一行将在此展开一系列行程，包括与中共中央总书记胡锦涛会面，以及

□ 5月27日，吴伯雄率领的大陆访问团抵达北京首都国际机场，陈云林等到机场迎接。

参观北京奥运会场馆等。

陈云林在欢迎仪式上致词，他说，访问团的到来，使两岸同胞的感情更加拉近，使全世界华人炽热的目光再次聚焦两岸关系和平发展的进程。

陈云林说，三年前，中国国民党主席连战先生率中国国民党代表团访问大陆，两党领导人在北京进行了历史性的会面、会谈，双方发表了两岸和平发展五项共同愿景，指明了两岸关系发展的大方向。三年来，两党按照五项愿景的精神，为两岸同胞谋福祉，为台海地区谋和平，赢得了两岸同胞的共同赞许。

他表示，吴伯雄主席是台湾政坛上久经历练、经验丰富的政治领袖，一直是两岸和平发展的重要推手。在国民党重新获得政权不久，他就率领国民党大陆访问团应邀来访，充分体现和反映了两党愿在新的历史条件下，承担起两岸人民交付的共同创造我们民族伟大未来的历史重任。我们期盼并坚信，正确的历史应该而且一定能够继续写下去，美好的愿望一定会最终得到实现。我们衷心祝愿访问团在北京的访问圆满成功。

吴伯雄在稍后的讲话中表示，访问团此时到北京访问具有非常重大的意义。在两岸呈现新契机之时，我们不能浪费这一契机，而要继续努力进行良性互动。

他说，在过去八年中，两岸关系暗潮汹涌，经常陷入紧张、低潮。所幸三年前连战先生"和平之旅"、国共平台的建立以及许多良性互动，稳定了两岸关系。如今，两岸和平发展五项愿景已经正式列入中国国民党党纲。

吴伯雄说，两岸之间有很多历史上造成的问题，不可能一蹴而就来解决。但我们没有理由让对两岸人民有利的事务停滞不前，应该用智慧来搁置争议，通过不断的善意互动，累积互信。

他表示，两个多月以后，北京奥运会就要举行，准备工作正在顺利展开。我们愿意带来台湾人民的祝福，希望北京奥运会是非常成功的一次奥运会。“当北京拥抱了全世界，全世界也会拥抱北京，何况是一水之隔的台湾。”

在谈及汶川大地震时，吴伯雄说，两岸同属中华民族。当大陆碰到灾难时，台湾人民自发地表现出爱心和关怀，这充分表明两岸人民血缘相通的感情。我们要珍惜这份感情，互相帮忙，互利双赢。

应中共中央和中共中央总书记胡锦涛的邀请，中国国民党主席吴伯雄率领的中国国民党访问团将从5月26日起对南京、北京、上海等地进行为期六天的访问。

陈云林：吴伯雄主席一直是两岸和平发展的重要推手

中共中央台办主任陈云林5月27日下午到北京首都机场欢迎吴伯雄主席率领的中国国民党大陆访问团。他说，访问团的到来，使两岸同胞的感情更加拉近，使全世界华人炽热的目光再次聚焦两岸关系和平发展的进程。

陈云林和中共北京市委副书记王安顺代表中共中央台湾工作办公室、北京市委全体同仁，代表北京各界人民，对访问团一行到达表示

□ 5月27日，吴伯雄率领的大陆访问团抵达北京首都国际机场，陈云林等到机场迎接。

热烈欢迎。

陈云林说，三年前，中国国民党主席连战先生率中国国民党代表团访问大陆，两党领导人在北京进行了历史性的会面、会谈，双方发表了两岸和平发展五项共同愿景，指明了两岸关系发展的大方向。三年来，两党按照五项愿景的精神，为两岸同胞谋福祉，为台海地区谋和平，赢得了两岸同胞的共同赞许。

陈云林表示，吴伯雄主席是台湾政坛上久经历练、经验丰富的政治领袖，一直是两岸和平发展的重要推手。在国民党重新获得政权不久，他就率领国民党大陆访问团应邀来访，充分体现和反映了两党愿在新的历史条件下，承担起两岸人民交付的共同创造我们民族伟大未来的历史重任。我们期盼并坚信，正确的历史应该而且一定能够继续写下去，美好的愿望一定会最终得到实现。我们衷心祝愿访问团在北京的访问圆满成功。

吴伯雄：过去八年两岸暗潮汹涌 国民党要抓住新契机

中国国民党主席吴伯雄5月27日下午率领中国国民党大陆访问团抵达北京首都机场。他在机场讲话时表示，访问团此时到北京访问具有非常重大的意义。在两岸呈现新契机之时，我们不能浪费这一契机，而要继续努力进行良性互动。

他说，在过去八年中，两岸关系暗潮汹涌，经常陷入紧张、低潮。所幸三年前连战先生“和平之旅”、国共平台的建立以及许多良性互动，稳定了两岸关系。如今，两岸和平发展五项愿景已经正式列入中国国民党党纲。

吴伯雄说，两岸之间有很多历史上造成的问题，不可能一蹴而就来解决。但我们没有理由让对两岸人民有利的事务停滞不前，应该用智慧来搁置争议，通过不断的善意互动，累积互信。

他表示，两个多月以后，北京奥运会就要举行，准备工作正在顺利展开。我们愿意带来台湾人民的祝福，希望北京奥运会是非常成功的一次奥运会。“当北京拥抱了全世界，全世界也会拥抱北京，何况是一水之隔的台湾。”

在谈及汶川大地震时，吴伯雄说，两岸同属中华民族。当大陆碰到灾难时，台湾人民自发地表现出爱心和关怀，这充分表明两岸人民血缘相通、一脉相承的感情。我们要珍惜这份感情，互相帮忙，互利双赢。

吴伯雄参访奥运棒球场
透露自己曾是好投手

5月28日上午，中国国民党主席吴伯雄和他率领的中国国民党大陆访问团参观了北京奥运场馆之一的北京五棵松棒球场。

吴伯雄饶有兴致地听取了有关棒球场筹备情况的介绍，他坦言这里是台湾观众最关注的场地，并期待两个月后中华台北棒球队的健儿在这里大展身手，更相信大陆观众会给予他们最热烈的助威。

吴伯雄在现场获赠一枚棒球，兴奋之余还透露，自己学生时代曾

□ 5月28日，吴伯雄一行前往北京五棵松棒球场参观北京奥运会棒球场地。

是优秀的棒球投手，所在的少年队曾获过桃园县比赛冠军。

据悉，棒球是台湾民众非常喜爱的运动，早在1990年就诞生了职业棒球联赛。中华台北棒球队已经在3月份拿到了北京奥运会的入场券，是自1984年棒球成为奥运会表演项目至今，第五次获得奥运会比赛资格。

五棵松棒球场位于西四环和长安街交汇处，与奥运会篮球馆在同一个区域内。场馆由三个场地组成，北侧为无座位训练场，中间为3000座棒球比赛场，南侧为12000座棒球比赛场。

结束参观后，吴伯雄一行随即前往北京奥运会主场馆——鸟巢。

“投手”吴伯雄棒球场寄语：两岸关系不会“暴投”

中国国民党主席吴伯雄一行5月28日上午来到北京五棵松棒球场进行参访。

由于担心吴伯雄腰部骨刺会引起久坐不适，场馆方面相当贴心地为吴伯雄准备了坐椅靠垫，接待方面可谓无微不至。

□ 5月28日，吴伯雄一行前往北京奥运场馆之一的五棵松棒球场进行参观，获赠球场比赛开出的第一枚棒球作为纪念。

参观棒球场时，吴伯雄表现得相当轻松和兴奋。在听取场馆工作人员介绍时，他频频点头，并不时环顾场地四周，偶尔还微笑着与陪同参访的中共北京市委副书记王安顺低头交流。

吴伯雄表示，棒球比赛作为中华台北棒球队奥运会夺金的热门项目，五棵松棒球场备受台湾民众瞩目。他期待两个月后，中华台北棒球队的健儿在这里大显身手，更相信大陆观众会给予他们最热烈的助威。

吴伯雄当天获赠一枚棒球作为纪念，心情大好的他特别走下看台，在扶栏边与现场媒体交流。他透露：自己学生时代就是相当优秀的棒球“投手”，所效力的少年棒球队还获得了桃园县比赛的冠军。“现在每天都会花时间看王建民的比赛！”吴伯雄表示对台北棒球队夺金充满期待，虽然强队如林，相信运动员们会全力以赴。“如果时间允许，非常希望来现场为他们加油！”

在现场，吴伯雄为台北棒球队送出寄语，希望他们大展身手，在比赛中不“暴投”。（棒球比赛术语，比赛失误的一种，指偏离本垒板致接手无法接住的投球）积极扮演两岸关系推手的他更补充说道：“盼望两岸关系发展也会一切顺利，不会‘暴投’！”

吴伯雄参观“鸟巢”
表示很想来北京观看奥运会

中国国民党主席吴伯雄率领的中国国民党大陆访问团一行，5月28日上午参观了北京奥运会的主体育场——“鸟巢”。吴伯雄表示，他很想来北京看奥运会。

在参观“鸟巢”时候，吴伯雄表示，他曾经参观过很多奥运主体育场，像悉尼、墨尔本、汉城的主体育场都参观过，但是北京奥运会

□ 5月28日，吴伯雄率领的大陆访问团参观北京奥运会主体育场——国家体育场“鸟巢”。

的主体育场是他所见到的奥运主体育场里最大的。吴伯雄赞叹，第一次看到这样的钢骨结构，感觉很大很壮观。

在现场，吴伯雄不忘为参加奥运会的运动员加油打气，他预祝世界各地的体育健儿能够取得好成绩，尤其是中华台北棒球队的体育健儿能在北京奥运会上取得好成绩。

当被记者问到是否想来北京看奥运会时候，吴伯雄表示，他届时很想来北京看奥运会。

随后，吴伯雄一行前往北京奥林匹克中心区，参观寄托了台湾同胞支持北京奥运会美好心意的雕塑“水袖”。

“水袖”雕塑由台湾艺术家杨英风设计，2006年4月，中国国民党荣誉主席连战访问北京期间，曾将“水袖”雕塑作为礼物赠送给中共中央总书记胡锦涛。放大后的“水袖”雕塑于今年4月29日被安放在北京奥运场馆水立方与鸟巢之间的奥林匹克公园，连战也参加了“水袖”的安放仪式。

吴伯雄一行今天上午还参观了北京奥运场馆之一的五棵松棒球场。

国家体育场——“鸟巢”是北京奥运会的主体育场，位于北京奥林匹克公园内、北京城市中轴线北端的东侧。建筑面积25.8万平方米，用地面积20.4万平方米。2008年奥运会期间，承担开幕式、闭幕式、田径比赛、男子足球决赛等赛事活动，能容纳观众10万人，是全国具有标志性的体育娱乐建筑。

“鸟巢”是由2001年普利茨克奖获得者赫尔佐格、德梅隆与中国建筑师李兴刚等合作完成的巨型体育场设计，形态如同孕育生命的“巢”，它更像一个摇篮，寄托着人类对未来的希望。设计者们对这个国家体育场没有做任何多余的处理，只是坦率地把结构暴露在外，因而自然形成了建筑的外观。

刘淇会见吴伯雄一行

中共中央政治局委员、北京市委书记、北京奥组委主席刘淇5月28日上午在北京饭店会见了由中国国民党主席吴伯雄率领的中国国民党大陆访问团一行。

刘淇代表中共北京市委和全市人民，热烈欢迎吴伯雄主席及访问团成员来北京访问。他介绍了北京市援助四川抗震救灾、筹备奥运会和奥运圣火传递情况。他说，经过七年多的筹备，奥运会各项准备工作目前已基本就绪。台湾同胞多年来给予北京奥运会筹备工作大力支持和帮助，真诚地欢迎台湾同胞光临奥运盛会。

刘淇表示，经过多年努力，京台交流合作已经覆盖经济、科技、教育、文化等方面，具备了进一步发展的良好基础。去年，京台两地贸易额达28.8亿美元。截至去年底，北京市已累计批准各类台商投资企业2200多家，总投资额达26亿美元。欢迎台湾同胞到北京发展，北京愿尽最大努力发展京台两地间的合作关系，为维护两岸同胞共同福祉作出应有贡献。

吴伯雄对北京市的热情接待表示感谢，并代表中国国民党和台湾同胞真心祝愿北京奥运会成功举办。

吴伯雄说，台湾民众都能感受到来自北京的热情邀请，期待来自台北的健儿能在北京奥运会上有出色表现。国民党将把握两岸关系发展的新契机，秉持国共两党领导人发布的“两岸和平发展共同愿景”，积极推动两岸关系发展，加强京台互动、交流。

中共北京市委副书记、市长郭金龙等会见时在座。

吴伯雄感受“北京欢迎你”

中共中央政治局委员、北京市委书记、北京奥组委主席刘淇5月28日中午会见中国国民党主席吴伯雄率领的国民党大陆访问团。

据香港《文汇报》报道，刘淇对台湾同胞热情参与奥运表示感谢，吴伯雄则引用京奥倒计时100天主题曲《北京欢迎你》一句歌词“拥抱过就有默契”表示，北京官员、民众赴台湾不会再遥不可及，希望大陆民众能够感受到台湾2300万人民的善良、忠厚、有情有义。

□ 5月28日，吴伯雄一行前往北京奥林匹克中心区，参观台湾艺术家杨英风的雕塑作品“水袖”。

刘淇首先对台湾同胞在是次四川大地震中给予大陆的援助和关爱表示感激。随后刘淇又介绍了2008年北京奥运会各项筹备工作，有近3000名台胞积极报名担任奥运义工。他笑称说，今日早晨国民党大陆访问团在参观“鸟巢”时看到了奥运会开幕式的“机密”，即场馆中的一些机械设备，这是首次破例。

吴伯雄在讲话中首先感谢了“全世界最忙的人”刘淇，因为距离奥运会只有72天。吴伯雄称，台湾民众和全世界人民一样已经深刻感受到了“北京欢迎你”的热情邀约，从100年前的“东亚病夫”到现在举办奥运会，对中华民族而言是一次重要事件。作为中华民族一员的台湾人民发自内心地祝福奥运会成功举办。

吴伯雄点名连胜文登陆上海与其会合

中国国民党主席吴伯雄5月28日就要离开北京，前往上海；引人注意的是，连战的公子连胜文将专程到上海与他会合。据报道，这是吴伯雄点名，请连胜文一起到大陆。据悉，由于这次登陆没有邀请任何中常委，身为中常委的连胜文到上海，别具意义。

据TVBS报道，在国共平台从未缺席的连胜文，这回是吴伯雄点名，要求他到上海会合；由于这次国民党登陆，事前强调是小型团，未纳入中常委，本身就是中常委的连胜文，出现在上海，特别突出。

□ 5月30日，连胜文专程赴上海参加答谢宴，受到两岸媒体关注。

亲连战人士透露，虽然吴伯雄此行登陆绝口不提连战的贡献，但礼数相当周到，早在出发前两天，吴伯雄就亲自拜访连战，交换意见；接下来邀请连胜文同行，尽管不是在政治性高的北京，但多少也展现对连战的尊重，也反应国民党老一辈处理政治伦理的细腻手法。

吴伯雄一行前往上海

中国国民党主席吴伯雄率领的中国国民党大陆访问团一行于5月29日上午乘坐东航包机离开北京前往上海。中共中央台办主任陈云林、常务副主任郑立中、中共北京市委副书记王安顺等前往首都国际机场送行。

中国国民党主席吴伯雄率领的中国国民党大陆访问团是在5月27

□ 5月29日，吴伯雄一行抵达上海，后为中台办副主任王富卿。

日下午到达北京的。中共中央总书记胡锦涛5月28日下午在人民大会堂会见了吴伯雄主席和他率领的中国国民党大陆访问团全体成员，双方举行了会谈。

中国国民党主席吴伯雄一行在京期间还参观了北京奥运场馆之一的北京五棵松棒球场和北京奥运会的主体育场——“鸟巢”。预计今天下午抵达上海，期间将与在沪台商进行会面。

吴伯雄：希望两岸关系“旺”起来

5月29日下午，中国国民党主席吴伯雄率中国国民党大陆访问团一行，来到位于上海红松东路的知名台资企业旺旺集团的大陆总部参观。吴伯雄在与企业负责人座谈时笑言：来这里参观就是要沾沾“旺”气，希望两岸关系也能“旺”起来。

集团董事长蔡衍明向访问团一行介绍了企业在大陆的生产、经营和发展情况，并陪同吴伯雄等参观了产品陈列室，并用视频通讯连通

□ 5月29日下午，吴伯雄参观、考察上海著名台资企业旺旺集团后表示，希望两岸关系“旺旺”。

旺旺在各地的企业，欢迎吴伯雄一行到访。参观过程中，蔡衍明向吴伯雄表达了对于两岸直航的盼望。吴伯雄表示，今天上午海协会已致函海基会，邀请海基会负责人来京就两岸周末包机、大陆居民赴台旅游事宜进行商谈，企业界对于直航的期待“应该很快就会实现了”。

旺旺集团在大陆投资发展已有十余年的历史，在大陆各地设立工厂共110多家，投资总额截至去年底已超过16亿美元。

俞正声会见吴伯雄一行

中共中央政治局委员、上海市委书记俞正声，5月29日晚上在上海西郊宾馆会见了中国国民党主席吴伯雄率领的中国国民党大陆访问团一行。

俞正声向客人介绍了上海经济社会发展情况和沪台两地交流合作情况，充分肯定了台商为上海发展作出的贡献。他说，台商在上海的事业发展很快，同时台商的发展也推动了上海的进一步发展，这是一个双赢的结果。他表示，上海将一如既往地支持、帮助台商在上海发

□ 5月30日晚，吴伯雄在上海“摆盒饭圆桌”谢台商，主要是情系四川地震灾区。

展，促进沪台两地在经贸等方面的进一步合作。

俞正声表示，这次四川发生大地震，在沪台商踊跃捐款捐物，总值将近三亿元人民币，表现十分突出。

吴伯雄说，上海是享誉国际的大都市，经济持续高速发展，成就傲人。每一次到上海，上海都呈现新的风貌。洋山深水港，东海大桥等建设确实是大手笔、大气派。吴伯雄表示，两岸当前要抓住新的契机，搁置争议、求同存异、共创双赢，进一步推动和加强经济、文化等领域的交流与互动。希望未来上海与台湾之间来往更方便。

中共中央台办副主任王富卿，中共上海市委副书记殷一璀等参加会见。

吴伯雄：访问大陆取得成功

中国国民党主席吴伯雄5月30日晚在接受媒体专访时表示，他此次率领中国国民党大陆访问团来访取得了成功，并感谢大陆方面释放的善意。

吴伯雄即将结束大陆之行，他在接受随团的大陆记者专访时做以上表示。

他说，此次大陆参访，与中共中央总书记胡锦涛会谈，最重要的成果是促成了海协与海基会将在六月初恢复协商，进行有关周末包机

□ 5月29日下午，吴伯雄在上海虹桥机场。

和大陆居民赴台旅游的谈判，这对台湾民众和两岸关系都有非常正面的影响。

吴伯雄说，由于众所周知的原因，八年来两岸关系停滞不前甚至倒退了，这很不幸。而今年来台湾岛内两次选举结果表明，台湾民众认同中国国民党的主张，认同两岸可以和平发展，避免冲突和战争，而且可以追求双赢。

他表示，两岸彼此都有足够的智慧，在暂时搁置争议的情况下，把能够解决的问题进行协商，不断地求同存异。只要“同”的方面越来越多，“异”的方面将来也可以解决。

吴伯雄说，三年前国共两党所达成的五项共同愿景，由于当时国民党是在野党，很多主张执政者不一定会理睬我们；现在我们执政了，五项愿景已经列为中国国民党的政纲，这是我们对台湾人民的承诺，也是对两岸人民的承诺，所以我们会更积极地为台湾人民谋福利，为两岸人民谋和平。

“我非常能感受到大陆方面的善意，尤其是胡锦涛总书记那种宏观、站在历史的高度，看得很远。”吴伯雄说，胡总书记说只要互信能够建立，只要对“九二共识”彼此都有共识，其他都好谈，先从容易解决的经济议题入手；胡总书记还明确提出先让海基会与海协正规的协商机制马上恢复。

吴伯雄表示，两会商谈已经停了很多年，恢复以后，很多官方授权的事情就可以让他们来谈。

他特别指出，当前台湾老百姓面临油、电、水等很多物资涨价，口袋变薄了，这是因为本来要根据市场机制调整价格的被压到我们执政之后才调整。人民蒙受的痛苦，一方面我们用配套措施对于经济弱势的族群进行补贴，同时我们要创造更多经济利多。

吴伯雄说，这次两岸周末包机直航、大陆游客来台对我们是非常迫切的，在老百姓蒙受物价上涨的时候，让老百姓看到经济发展还是有前景的。假如能真的实现，那这是我要非常感谢的事情。

吴伯雄：国共平台与两会协商应像双脚互为前进

中国国民党主席吴伯雄5月30日晚在此间表示，今后国共两党的平台应发挥更积极的功能；国共两党的平台和海协、海基两会的协商，应该像两只脚一样，互相前进。

当晚，吴伯雄在上海接受大陆媒体联合采访，对于台湾同胞在四川汶川大地震后，对灾区毫不犹豫，义无反顾地伸出援手，他表示，台湾曾经历过“921”大地震，我们深切了解严重破坏带来的痛苦，都经历过无家可归。当四川发生地震时，我们很焦虑，一直关注着灾情的发展，但发现这个灾情太大了，所以台湾的反应是比较强烈的，都是自动自发的想帮忙，这种感情流露无遗，海峡两岸到底同属中华民族。

吴伯雄回答记者提问指出，今年在台湾的两次选举，证明台湾的民意多半认同中国国民党的主张，就是两岸可以和平发展，而且可以追求双赢。如今国民党已经将三年前国共两党达成的“两岸和平发展五项共同愿景”列入政策纲领，更积极地为台湾人民谋福利，为两岸人民谋和平。他此次的大陆之行，也非常感受到了大陆的善意。

在谈及国共平台未来的发展时，吴伯雄表示，国共平台对在过去两岸关系陷入低潮的时候，发挥了稳定、调和的作用，现在更应该发挥积极的功能。

记者问海协、海基两会管道与国共平台的管道之间的关系为何？他回答说，国共平台和两会的协商，应该像两只脚一样，互为前进。两会之间能够谈和解决的问题，中国国民党不会重复，也乐意看到他们有很好的绩效。但是国共的平台，甚至很多的论坛的继续举行，有助于彼此间更密切。我们可以站在非常对等的立场，交换意见。我们要珍惜国共平台的功能，将它继续强化。

吴伯雄也期望台湾海基会董事长江丙坤六月上旬到大陆，一定可以与大陆海协会很快就有关问题进行协商和签署协定。

同时，吴伯雄认为，此次他率团访问大陆，在加强两岸互动方面实质性的突破，就是两会即将的复谈，以及很快就将实现的周末包机直航。他说，两岸直航的实现，有助于两岸民众节省时间，也有助于大陆居民到台湾旅行。彼此来往的密切，自然而然对两岸民众互相了解有所增益，交流越多，彼此就越不陌生。因此，他也认为，国共两党达成的“共同愿景”的发展方向是正确的。

在被问及大陆方面出台的一系列惠台措施等问题时，吴伯雄表示，

□ 5月30日，吴伯雄在上海与台商餐叙。

以前无法落实，但现在国民党重新在台湾执政，因此不会让意识形态故意去阻碍有助于经济的措施。

也有记者提问有关北京奥运的问题，吴伯雄回答表示，棒球、跆拳道、举重、射箭，这些有台湾选手参赛的项目，都是他非常期待的，他希望台湾健儿有好的表现，也发自内心地祝愿北京奥运能够成功。

吴伯雄：两岸关系一定会越来越好

中国国民党主席吴伯雄5月30日接受新华社记者采访时表示，两岸关系现在可以说是“拨云见日，雨过天晴”，我们要好好珍惜，“只要我们共同努力，两岸关系一定会越来越好！”

吴伯雄说，通过这次与胡锦涛总书记的会谈，我们深切感受到胡总书记在发展两岸关系上的善意以及宏观、长远的视野。根据胡总书

□ 吴伯雄在专机上与乘务员亲切交谈。

记的主张，我们双方只要在“九二共识”基础上建立互信，其他的问题都好办，首先就可以尽快恢复两岸两会的商谈，解决两岸周末包机等经济问题。

他表示，八年来，由于众所周知的原因，两岸关系一度曾陷入低潮，而国共两党的交流对两岸关系起到了稳定作用。现在面对新的契机，国共两党将为推动两岸关系发展发挥更加积极的作用。

吴伯雄说，国民党近期在台湾两个重要选举中接连获胜，表明台湾主流民意是认同国民党主张的，也说明台湾大多数民众认为两岸可以实现和平发展、追求双赢。三年前，国共两党领导人共同发布了“两岸和平发展共同愿景”，这五项愿景已列入国民党党纲，成为我们对两岸人民的承诺，国民党会积极为台湾人民谋福利，为两岸谋和平。

在谈及大陆最近遭受的汶川大地震时，吴伯雄表示，两岸同属中华民族，台湾同胞深切了解灾区人民的痛苦，对灾区的关心和支援都是自动、自发，同胞之情在这过程中表露无遗。“希望灾区人民加油、振作！”

两个多月后，吴伯雄将到北京观看奥运会开幕式。他在接受记者采访时表示，我们发自内心地希望北京奥运会成功，也希望届时台湾运动健儿能有好的表现，大陆观众一定会给予他们支持和爱护，让台湾选手在北京也可以拥有主场优势。

陈云林：吴伯雄大陆之行“温暖了大陆同胞的心”

中国国民党主席吴伯雄率领的中国国民党大陆访问团，5月31日结束在大陆的访问行程。中共中央台办主任陈云林在欢送仪式上表示，吴伯雄主席率领的中国国民党大陆访问团此行足迹跨越大江南北，所到之处带来了台湾2300万同胞对地震灾区灾民的牵挂和问候，对即将举办的北京奥运的祝福和支持，“温暖了大陆同胞的心”。

陈云林说，访问团从南京到北京、从上海到江苏，到处是热烈的欢迎、热情的掌声、涌动的人流，这些都反映出大陆同胞对台湾同胞的厚意深情。

陈云林也指出，吴伯雄主席率领的中国国民党大陆访问团此行，充分反映了国共两党推动和落实和平发展五项愿景的决心和诚意。这次会谈所取得的许多重要共识，反映了海峡两岸同胞的殷切期望。他说，吴伯雄主席此次来访，必将对海峡两岸的和平发展，对国共两党的合作、交流和沟通起到重要的推动作用。

陈云林说：“促进两岸和平发展是国共两党共同的历史责任，为同胞谋福祉、为两岸创双赢、为台海争和谐、为中华开太平，希望国共两党能够站在历史的高峰，为开创中华民族的伟大复兴而努力奋斗。”

吴伯雄一行启程返回台湾

5月31日上午11点左右，中国国民党主席吴伯雄率领的中国国民党大陆访问团一行，从上海浦东机场搭乘东方航空公司包机启程经香港返回台湾。受中共中央和中共中央总书记胡锦涛委托，中共中央台湾工作办公室主任陈云林会同上海市委代表前往机场送行。

□ 5月31日，吴伯雄一行结束大陆访问行程，过境香港返台。

两岸两会重启协商

贾庆林：两会商谈要循序渐进 先易后难先经济后政治

6月3日上午，海峡两岸关系协会第二届理事会第一次会议在北京人民大会堂隆重召开。贾庆林表示，海协会新一届理事会要坚持在“九二共识”基础上与海基会进行商谈，秉持“建立互信、搁置争议、求同存异、共创双赢”的精神，先易后难，先经济后政治，循序渐进，务实解决两岸同胞关心的问题，推动两岸协商谈判不断取得进展。

会议开始前，中共中央政治局常委、全国政协主席贾庆林亲切会见了全体代表并发表重要讲话。贾庆林代表党中央、国务院对海协会第二届理事会第一次会议的召开表示热烈祝贺，对海协会以往在推动两岸关系发展中发挥的积极作用给予高度肯定，对即将产生的海协会第二届理事会的工作给予热情勉励。

贾庆林指出，通过协商谈判推动两岸关系发展和祖国和平统一进程，是我们党和政府一贯的方针政策。今年3月下旬以来，台湾局势发生积极变化，“台独”势力及其分裂活动遭到沉重打击，两岸关系发展面临多年来难得的历史机遇，两岸同胞比以往更热切地期盼两岸关系改善与发展。恢复两岸协商谈判并取得实际成果，是当前两岸关系改善和发展的重要标志。

贾庆林表示，海协会新一届理事会承担着新形势下推动两岸关系和平发展的重要任务，要坚持在“九二共识”基础上与海基会进行商谈，秉持“建立互信、搁置争议、求同存异、共创双赢”的精神，先易后难，先经济后政治，循序渐进，务实解决两岸同胞关心的问题，推动两岸协商谈判不断取得进展，在两岸关系发展中发挥积极作用。

贾庆林希望海协会按照党的十七大关于对台工作的总体要求，坚定不移地贯彻中央对台工作的大政方针，遵循建会宗旨，认真履行职能，在中央的领导下，在各有关方面的支持配合下，同心协力，为开创两岸关系和平发展新局面作出重要贡献。

这次会议是在台湾局势发生积极变化、两岸关系发展呈现良好势头的新形势下召开的。会议总结了海协会近年工作、进行了理事换届、产生了新的领导机构、规划了未来任务。

戴秉国：希望两会尽快就两岸周末包机和大陆居民赴台旅游问题签署协议

6 月 3 日，海峡两岸关系协会第二届理事会第一次会议在人民大会堂召开。国务委员戴秉国在会议上讲话时指出，希望海协会与海基会复谈后，优先协商解决两岸周末包机和大陆居民赴台旅游问题，争取尽快签署协议，尽早实施。

戴秉国指出，这次会议对于尽快恢复海协会与海基会的交往与商谈、努力开创两岸关系和平发展新局面具有重要意义。

戴秉国说，我们应当紧紧抓住两岸关系发展面临的难得历史机遇，努力开创两岸关系和平发展的新局面。两岸协商谈判的进展，历来是两岸关系发展水平的重要标志。当前，海协会与海基会均已表示在“九二共识”的基础上恢复联系往来和协商谈判。希望海协会与海基会复谈后，优先协商解决两岸同胞期待已久的两岸周末包机和大陆居民赴台旅游问题，争取尽快签署协议，尽早实施，以满足两岸同胞的迫切愿望。

戴秉国表示，在今后的两岸协商谈判中，双方要维护“九二共识”这一两岸协商谈判的政治基础，搁置一时不易解决的问题，先解决可以解决的问题，以利推动两岸关系取得实际进展，最终在两岸关系发展的过程中创造条件，寻求解决两岸关系中历史遗留问题和可能遇到的新问题的办法，还要努力解决两岸同胞交往中遇到的实际问题，保持两岸关系和平发展的势头。

王毅：中台办、国台办
将一如既往支持海协会工作
保障海协会顺利履行职能

海峡两岸关系协会第二届理事会第一次会议6月3日在北京人民大会堂举行。这次会议是在台湾局势发生积极变化、两岸关系发展呈现良好势头的新形势下召开的。会议总结了海协会近年工作、进行了理事换届、产生了新的领导机构、规划了未来任务。

□ 6月3日，海协会第二届理事会第一次会议在北京召开，王毅和陈云林在会间交谈。

刚刚履新的中共中央台湾工作办公室、国务院台湾事务办公室主任王毅出席会议并讲话。

王毅充分肯定了海协会十年来取得的工作成绩，希望海协会在新形势下承担起推进两岸协商谈判进程的重要使命。今后海协会要根据两岸关系形势发展和对台工作需要，与海基会就今后协商议题和步骤做出规划，努力解决两岸同胞关心的问题，推动两岸人员往来和经济文化交流，推动两岸全面直接双向“三通”进程；在建立互信、搁置争议、求同存异、共创双赢的过程中，积极创造条件，寻求解决两岸关系和平发展中遇到的问题，为构建两岸关系和平发展框架而努力。中共中央台办、国务院台办将一如既往地支持海协会的工作，保障海协会职能的顺利履行。

陈云林：希望两会恢复接触后首次会谈能取得积极成果

2008年6月3日，海峡两岸关系协会新任会长陈云林在海协会第二届理事会第一次会议上说，海协会已经做好接待海基会董事长江丙坤及两会恢复接触后首次会谈的准备，希望两会恢复商谈的第一步能够顺利迈出，两岸周末包机、大陆居民赴台旅游两项商谈能够取得积极成果。

会议闭幕时，陈云林向新一届理事会报告了海协会近期工作设想。陈云林说，海协会与海基会已经互致函电，都表明了在“九二共识”基础上尽早恢复商谈的立场，两会商谈即将重新开始。海协会将按照中共中央、国务院对海协会工作的明确要求，根据授权，切实发挥海协会通过与海基会商谈推动两岸关系发展的重要作用。

他说，海协会将本着先易后难、循序渐进的精神，与海基会就今后的协商议题和步骤做出规划。海协会已得到授权，就大陆同胞赠送台湾同胞的一对大熊猫早日到台湾安家落户事宜，与海基会协商做出安排。海协会还将积极推动海协会与海基会领导人互访，以进一步提升两会交往水平。

陈云林表示，海协会将继续充分发挥受权民间团体的特点和优势，加强与台湾各界社会团体和人士的联系和交往；继续协助有关方面促进两岸各项交往和交流，推动两岸人员往来和经济文化交流迈向新层次、新水平；继续协助有关方面处理好两岸同胞交往中遇到的问题，维护两岸同胞的合法权益。海协会一定要珍惜并抓住两岸关系改善发展的难得机遇，推进两岸协商谈判进程，为构建两岸关系和平发展框架，作出历史性的贡献。

中国国民党与吴伯雄致函祝贺王毅、陈云林就任新职

据台湾媒体报道，中国国民党中央委员会、中国国民党主席吴伯雄6月3日晚分别致函祝贺王毅、陈云林就任新职，期许两岸未来能朝和平、稳定的方向迈进。

中国国民党中央委员会致函新任中共中央台湾工作办公室主任王毅，函中表示，王毅就任新职后，期能进一步开拓两岸关系和解、和谐、和平。

国民党主席吴伯雄以个人名义发函祝贺陈云林就任海峡两岸关系协会会长。他表示，陈云林担任中共中央台湾工作办公室主任12年，熟悉两岸事务，出任新职后，必能继续对两岸关系和平稳定发展作出重要贡献。

海峡两岸关系协会第二届理事会正式产生

海峡两岸关系协会6月3日上午在人民大会堂召开会议。会议通过了经推荐、协商产生的178名候选人为海峡两岸关系协会第二届理事会理事。

新一届理事来自中央和国家机关、国家事业单位、民主党派、人民团体、社会科学研究机构、部分省市台湾工作办公室、企业等方面，具有广泛的代表性。

海峡两岸关系协会第二届理事会成立后，召开第一次会议，推举陈云林为海协会会长，聘请张克辉、林丽韫为顾问，推举郑立中为常务副会长、孙亚夫为执行副会长、李炳才为驻会副会长，推举王富卿、王在希、安民、张铭清为副会长。根据会长提名，决定李亚飞为秘书长。

中国国民党副主席江丙坤出任海基会董事长

据台湾“中央社”报道，台湾“海峡交流基金会”（以下简称“海基会”）5月26日下午选出中国国民党副主席江丙坤为新任董事长。

江丙坤在致词前，先带领“海基会”所有董监事为四川地震遇难者默哀一分钟。

江丙坤表示，“海基会”在两岸交流中具有无可取代的位置，辜汪会晤也为两岸发展建立坚实基础，未来希望能在所有董监事的共同努

□ 5月29日，江丙坤在台北表示，即刻接受海峡两岸关系协会来函邀请，于6月11日率团访问北京，恢复两会协商谈判。

力下，为两岸正常化创造更有利条件。

谈及未来工作内容，江丙坤表示，未来重心将放在经贸往来、文化交流的全面正常化上以及保障台商权益。

海协会致函海基会
邀董事长江丙坤等率团访京

海峡两岸关系协会5月29日致函海峡交流基金会，邀请海基会董事长江丙坤、副董事长兼秘书长高孔廉于6月11日至14日率团访问北京，就两岸周末包机、大陆居民赴台旅游事宜进行商谈，“并期取得成果，以满足两岸同胞期待”。

海峡两岸关系协会在函电中说：“贵会5月26日关于新任董事长、副董事长兼秘书长等事函悉。我会对江丙坤先生就任贵会董事长、高孔廉先生就任贵会副董事长兼秘书长，表示诚挚祝贺。我会同意贵会来函意见，尽速在‘九二共识’基础上恢复两会联系往来与协商谈判。”海峡两岸关系协会为此发出上述邀请。

海基会5月26日致函海峡两岸关系协会，通报该会当天举行第六届第二次临时董监事联席会议，选任江丙坤先生为董事长、高孔廉先生为副董事长兼秘书长，旋即就职。“本会业经我方主管机关授权与贵会就‘周末包机直航’、‘大陆观光客来台’两项议题进行协商。期望贵我两会在‘九二共识’的基础上，尽早恢复制度化协商。”

海基会接受海协会邀请将于6月来京商谈

海峡交流基金会董事长江丙坤5月29日上午表示，将接受海峡两岸关系协会的邀请，于6月11日到14日前往北京展开两岸周末包机、大陆观光客赴台事宜的商谈。

海峡两岸关系协会5月29日致函海峡交流基金会，邀请海基会董事长江丙坤、副董事长兼秘书长高孔廉于6月11日至14日率团访问北京，就两岸周末包机、大陆居民赴台旅游事宜进行商谈，“并期取得成果，以满足两岸同胞期待”。

据台湾媒体报道，江丙坤表示，海基会将立即回函海协，表达同意尽速展开两岸两会协商的意愿。他表示，这是1999年以来，两岸两会重新展开互动的起点，对此表示欢迎。

江丙坤说，他已责成海基会副董事长兼秘书长高孔廉尽速筹组谈判队伍，除海基会人员外，还会包括相关机关与业者代表。

他说，这两项议题已经多次通过业者进行协商，也都有相当共识。这次前往北京，希望能在两会诚意与良性互动下，尽速完成协商，让周末包机能快速进行，大陆观光客能在很快的时间到台湾旅游观光。

马英九：欢迎陈云林访问台湾

据台湾《联合报》报道，对于大陆海协会长陈云林访台问题，马英九6月4日接受专访时表示："若业务上有必要，欢迎他访台。"

中国国民党主席吴伯雄日前访问大陆，并与中共中央总书记胡锦涛举行会谈。马英九给予高度评价，认为"国共高峰会谈非常成功"，并称若条件齐备，期待大熊猫尽早赴台。

海协秘书长李亚飞6月3日表示，期待海协会长有机会去台湾访问。对此，海基会董事长江丙坤曾回应说，希望两会未来有机会在台湾进行协商，也欢迎陈云林组团来访。

江丙坤：希望两会协商移师台北

国民党中央6月3日下午由党主席吴伯雄亲自主持中山会报，兼任副主席的“总统府秘书长”詹春柏、海基会董事长江丙坤等人都出席与会。

针对大陆台办、海协会6月3日作出主要人事调整，王毅出任国台办主任；原国台办主任陈云林被推举为海协会会长，江丙坤下午作出回应表示，海基会下午两点钟，正式接到海协会通知，海协会举行第二届理事会，正式推举陈云林担任会长，郑立中为常务副会长，海

□ 5月26日，吴伯雄率领大陆访问团抵达南京，台商们手持鲜花到机场迎接。

基会已循正式机制向海协会道贺。

江丙坤表示，以他个人来讲，他第一次到大陆会见的就是陈云林，三年来他与陈云林透过国共平台，为台商权益做了很多的协助，互相的默契，就是根据“胡连会”的五大愿景，继续进行两岸经贸交流，以及将来两岸和平的发展，建立稳定的架构。

江丙坤表示，他希望将来透过新的职务，与陈云林能继续来合作，这次到北京协商，将来希望有机会到台湾来进行协商，到那时候，欢迎陈云林组团来参加。

海峡两岸关系协会简介

海峡两岸关系协会是于1991年12月16日在北京成立的民间团体，是大陆方面与台湾方面商谈两岸交往中相关问题的受权团体。

《海峡两岸关系协会章程》规定，海协会以促进海峡两岸交往，发展两岸关系，实现祖国和平统一为宗旨。为实现上述宗旨，海协会致力于加强同赞成该会宗旨的社会团体和各界人士的联系与合作；协助有关方面促进海峡两岸各项交往与交流；协助有关方面处理海峡两岸同胞交往中的问题，维护两岸同胞的正当权益。海协会还可接受有关方面委托，与台湾有关部门和授权团体、人士商谈海峡两岸交往中的有关问题，并可签订协议性文件。

理事会为海协会最高权力机构。上海市原市长汪道涵1991年12月当选为海协会首任会长。2005年12月汪道涵逝世后，海协会会长一直悬缺。2008年6月3日召开的海协会第二届理事会第一次会议上，国务院台办原主任陈云林当选为新任会长。

1992年，海协会与台湾海基会在香港就两岸事务性商谈中如何表述坚持一个中国原则的问题进行讨论，后来形成“九二共识”，为海协会和海基会的商谈奠定了基础。

1993年4月，海协会会长汪道涵和海基会董事长辜振甫在新加坡举行会谈，这是自1949年以来两岸高层人士首次以民间名义进行的公开会晤。这次会晤建立了两岸制度化协商的机制，标志着两岸关系迈出了历史性的重要一步。“汪辜会谈”签署了《汪辜会谈共同协议》等4项协议，推动了两岸经贸往来和民间交流的发展。此后，双方又举行了20多次不同层级的商谈以及1998年在上海举行的“汪辜会晤”。这一期间两会协商取得的成果，受到了两岸同胞的欢迎和国际社会的肯定。

1999年李登辉抛出“两国论”后，两会商谈被迫中断。

海峡交流基金会简介

海峡交流基金会于1990年11月21日在台北市成立，1991年3月9日正式挂牌运行。该会分设董事会和监事会；内设秘书处、文化服务处、经贸服务处、法律服务处、旅行服务处及综合服务处等六个业务单位。海基会的主要任务是执行两岸交流中技术性、事务性的工作，因而可视为台湾当局与大陆联系的中介机构。

海基会采用“财团法人基金会”的形式，经费由“政府与民间共同捐助”。海基会初成立时的定位是“以协调处理台湾地区与祖国大陆地区人民往来有关事务，并以保障两地人民权益为宗旨，不以营利为目的”。该会的主要工作有七项业务：(1) 两岸人民入出境收件、核转及有关证件签发补发。(2) 祖国大陆地区文书验证、身份关系证明、协助诉讼文书送达及两地人犯遣返。(3) 祖国大陆地区经贸资讯的收集发布，间接贸易、投资及其争议的协调处理。(4) 两岸人民有关文化交流事宜。(5) 协助保障台湾地区人民在祖国大陆地区停留期间的合法权益。(6) 两岸人民往来有关咨询服务。(7) 台湾当局委托办理的其他事项。

各方反响

马英九：邀访水到渠成 要为吴伯雄访大陆饯行

台湾“中央社”2008年5月22日报道，对于是否邀中共中央总书记胡锦涛赴台访问，马英九当日表示，这应该是最后阶段，两岸现在才开始融冰，在程序上这些不是最优先项目，“应等水到后才渠成”。

马英九5月22日下午与岛内媒体茶叙，萧万长、詹春柏、叶金川、高朗等人都陪同出席。

□ 5月24日上午，马英九、萧万长在台北宾馆与吴伯雄茶叙，为其饯行。

马英九说，他主张以“九二共识”恢复协商，和大陆说法“若合符节”，期待海基、海协会改组完成后，两会尽快开始协商。

马英九说，对于国民党主席吴伯雄即将访问大陆，他是乐观其成，后天会以茶会为吴伯雄饯行。

媒体询问是否邀请中共中央总书记胡锦涛到台湾访问，马英九表示，这应该是最后阶段，两岸现在才开始融冰，这不是最优先项目，应该先等水到以后才渠成，而非揠苗助长。

香港媒体：国共两党关系迈进新的历史起点

吴伯雄在两岸关系发生积极重大变化的时刻访问中国大陆，不仅将开启两岸执政党领导人的首次接触，而且双方所达成的共识与结论，势必成为推动两岸关系往前迈进的重要动力。

香港《文汇报》今日发表社评说，应中共中央总书记胡锦涛的邀请，中国国民党主席吴伯雄率领的国民党访问团昨天起对中国大陆进行为期一周的访问。国共两党之间的和解与对峙，曾是中国现代史上的一条主线。随着中国大陆在上世纪70年代末改革开放并发表《告台湾同胞书》，30年来国共两党关系发生了重大变化，特别是经历过去

□ 5月26日上午，吴伯雄一行乘坐长荣BR-867班机启程访问大陆。

八年多来两岸风云变幻，如今雨过天晴，国共两党关系走上了新的历史起点，两岸同胞也盼来了推进两岸关系和平发展的和煦春天。

社评说，当前中国大陆正忙于四川大地震的救灾和重建工作，胡锦涛总书记此时邀请吴伯雄访问，不仅说明两岸关系的重要性，而且凸显两岸同胞血脉相连的感情。到机场欢迎的中共中央台办主任陈云林和吴伯雄先后发表讲话，两人不约而同都从四川地震说起。陈云林对台湾人民踊跃捐钱捐物表示衷心感谢与崇高敬意，指出两岸同胞血浓于水、手足情深的感情，再一次在海峡两岸架起新的桥梁。吴伯雄表示，台湾民间各方面自动自发对灾情的关怀与爱心的捐助，证明海峡两岸同属中华民族，血缘感情非常自然。吴伯雄应邀访陆，两岸彼此释放的善意融入了手足情和同胞爱，为两岸“建立互信、搁置争议、求同存异、共创双赢”创造了良好气氛和基础。

社评最后说，吴伯雄此次访问陆，也显示国共平台的存在和继续运作，对推进两岸关系和平发展具有重大意义。连战访陆共搭两岸平台，是两岸一项重要政治资产。三年前的4月26日，连战率领国民党访问团踏访中国大陆，宣告国共两党超过半个世纪争斗的结束和交流对话新关系的开始。三年来“胡连会”举行4次，国共论坛举行3次，不论在经贸、农业、教育和文化交流上，都对两岸关系进展做出实质性的贡献。吴伯雄在两岸关系发生积极重大变化的时刻访陆，特别是即将举行的“胡吴会”，双方所达成的共识与结论，势必成为推动两岸关系往前迈进的重要动力。

台湾媒体：胡吴会为两岸关系友善稳定“下锚定桩”

中共中央总书记胡锦涛5月28日与中国国民党主席吴伯雄的会谈，成为29日出版的大多数台湾报纸头版头条消息，各大报纸不惜版面详细地报道会谈的内容，并配发社论、言论、分析文章，高度评价会谈所取得的成果。

台湾《联合报》在社论中说，四川震灾使得两岸所相互强调的“历史机遇”更添动力。会谈中所取得的成果，其意义不仅是几项政策个案如周末包机能如期实现，更是对两岸关系的友善稳定下锚定桩。社论表示，希望会谈后的两岸关系能够在“宏观愿景”及“现实基础”上都有所长进。

台湾《中国时报》的分析文章说，当胡锦涛总书记当面承诺两会恢复协商后，首要解决两岸周末包机和大陆居民赴台旅游问题时，吴伯雄此行的主要任务几已圆满完成。文章说，从现实发展情势看，北京对互利互惠的经济交流与合作问题，做法弹性务实，给予台湾实质优惠待遇的意愿也非常高，因此攸关马萧政见支票的周末包机、开放大陆观光客赴台，目前已呈现“万事俱备，只欠东风”，只要两会复谈，协议签署，开放之门即将启动。

台湾《工商时报》也发表分析文章指出，胡锦涛与吴伯雄的会谈“捎来佳音”。该报特别关注大陆民众的相关反映。报道说，大陆主要电视媒体从昨日晚间起开始以不小篇幅报道会谈共识，吸引不少下班的北京市民，盯着王府井大街上的大电视墙议论纷纷。一位大陆民众叫好说，这是好事，两岸互信，双方都有好处。

文章说，事实上，国民党对于此次会谈的主题就是设定在搁置争议、共创双赢。因此，尽管此次会晤并未比照国共论坛发布“公报”，但中国国民党认为会谈颇有收获，因为“搁置争议”这码事从两会可望复谈得到具体展现。

台湾媒体发表文章指出：胡连会破冰　胡吴会多赢

2008年5月28日下午，中共中央总书记胡锦涛在北京人民大会堂会见了中国国民党主席吴伯雄及国民党大陆访问团主要成员。台湾媒体对此极为重视，纷纷予以报道并发表评论。

5月28日出版的《联合晚报》发表记者特稿指出，三年前“连胡会”达成“五项愿景”，成为两岸关系的转折点；三年后的今天，“吴

□ 5月29日，吴伯雄率领的大陆访问团在上海参观台资企业旺旺集团总部。

胡会”旨在延续“连胡会”为两岸执政党的政策共识，中共相应释出两岸复谈等善意，不但有利马英九兑现政见，让台湾荣景重现曙光，也确立国民党辅佐“马政府”角色，开展了两岸的良性互动。“吴胡会”在“连胡会”的五项愿景基础上，也取得“多赢”的结果。

这篇文章说，看到今天的“吴胡会”，也不能忘记三年前的“连胡会”。近十年来从来不送机的国民党荣誉主席连战，本周一亲自前往机场为吴伯雄送行，足见连战是站在两岸的大格局中看待吴伯雄的大陆行。连战在当时艰难的处境下，勇敢跨出历史性的一步，非常关键。如果没有这一步，就没有今天的“吴胡会”。

文章指出，两岸关系经历“陆委会”主委人事的动荡，台湾民众对四川强震高度关怀，让北京当局愿意延续4月博鳌论坛展现的务实精神；陈云林5月27日在北京机场迎接吴伯雄时提及“国民党重新获得政权”，显示只要双方取得互信，两岸关系还是有很多弹性、创意的空间。“吴胡会”的结论形同对“马政府”雪中送炭，而过去三年互动良好的国共平台可望在国民党执政后继续存在，不啻也是对连战打下基础的正面肯定，显示两岸及台湾“海陆两会”间的矛盾有化解空间。

文章最后说，当国共数十年恩怨都能因正视现实、开创未来而化解，只要两岸各党都有“人民最大”的共识，又何以不能脑力激荡出共创多赢的局面。

《中时电子报》5月28日报道指出，吴胡会谈的历史任务，就是要将三年前“连胡会”所达成的“共同愿景”，转化为两岸执政当局的“政策共识”。

文章说，“吴胡会”备受关注，与“连胡会”不同的是，马英九就任后，两岸互动出现前所未有的有利形势。吴伯雄为执政党主席，此行就是在为两岸执政当局搭起良性互动平台。

“连胡会”确立了两岸在“九二共识”基础上，尽快恢复平等协商的共识。陈云林日前发表谈话，更再度确认这项共识将是今后两岸两会复谈的基础。

□ 5月26日上午，吴伯雄率团访问大陆，图为连战前往机场送行。

岛内绿营对“胡吴会”既攻击又“吃味”。据“中央社”报道，民进党主席蔡英文5月28日称，“吴胡会”选在两会复谈前举行，时间点让人难以理解，会让民众感觉吴伯雄现在访大陆是不是要先解决“党”跟“政”之间的“政治性问题”。吴伯雄现在去大陆“有点太急了”。

但蔡英文同时表示，如果吴伯雄返台后愿意就“吴胡会”会谈部分找她谈，她愿意与吴伯雄会面。

台湾媒体关注吴伯雄：六月两岸事务会很忙

“六月开始，两岸事务会很忙！”国民党党务高层如此说，引人注目的是，吴伯雄率团登陆扮演“敲门砖”，衔接起两会复谈前的“空档”。

据台湾《联合报》报道，马萧政策以拼经济为主轴，但拼经济的核心关键仍在突破两岸僵局，萧万长出席博鳌论坛、吴伯雄率团登陆，都可放在此一架构上来看。

表面来看，国民党中央刻意将吴伯雄此行定位为“工作会谈”，替

□ 5月26日，吴伯雄一行抵达香港国际机场，香港特区政府行政长官副官许镇德前往迎接。

两会复谈与包机“铺路”，但不论什么会面，对马英九而言，背后都有深远政治意涵。

在拼经济的大前提下，马萧须及时落实周末包机与观光客来台政策，积极推动经贸交流，这是最基本的原则。但就政治层面，马萧在稳定两岸关系之余，也得适度化解外界对其疑虑。

《经济日报》的报道称，国民党主席吴伯雄5月26日将访问大陆，料双方将就两会复谈大方向交换意见，议题将触及包机直航、陆客来台。

张荣恭指出，国民党访问大陆的代表团包括国民党主席吴伯雄、副主席关中、林丰正、中评会主席团主席林澄枝、中常委曾永权、秘书长吴敦义、中央政策会执行长林益世、智库执行长蔡政文、副秘书长张哲琛、文传会主委李建荣以及他本人在内的16人。

吴伯雄此行将晋谒中山陵，张荣恭说，吴伯雄在2000年11月曾经以副主席身份晋谒中山陵，当时国民党刚失去台湾执政权；此次则是国民党重新获得执政地位，意义重大。

另据台湾《联合晚报》报道，马英九当选第二天一早就拜访吴伯雄，表示希望吴伯雄能出访大陆，修复民进党八年执政伤害的两岸关系。

国际媒体："胡吴会"以"新"应对谋划两岸关系新局

中共中央总书记胡锦涛与中国国民党主席吴伯雄5月28日举行会晤。日本《新华侨报》对此发表评论认为，当胡、吴二人的手紧紧相握，多少历史沧桑、风云变幻都溶尽在这个历史画面中，溶化在这个"拨云见日"的春光中。"胡吴会"以"新"字相应相对，谋划两岸关系发展的新局面。

评论说，从马英九当选以来，两岸关系顿现和缓、宽松的晴空，但具体如何互动，变两岸民众的期望为丰实的成果，尤其需要跨越双边多年的隔阂、误解和历史"死结"的非凡勇气、政治智慧和务实态度。

人们注意到，从博鳌论坛的"胡萧会"到北京"胡连会"，为两岸未来深入交流起到"预热"和"架桥"的作用。萧万长提出"四个希望"，胡锦涛应对"四个继续"，友好、融洽、平等的"胡萧会"不经意间为未来两岸平等会晤奠定了范式。评论说，"搁置争议"、"求同存异"，具有历史感和政治智慧的这两个关键词获得了高度认同。

评论指出，此番"胡吴会"双方将政治智慧和民族深情非常自然地发挥到了极致智慧。"胡吴会"开始，两党领导人不约而同都从四川地震说起，胡锦涛深情依依："天灾无情人有情，台湾同胞的爱心、善举感人至深"；吴伯雄深情盈盈："这种对灾情的关怀与爱心的捐助发自内心、发自自然，是血肉相连的感情。"同时，胡、吴共同选择了"中华民族”这个最具号召力和归属感的称呼释放亲情善意，异曲同工，中华民族的智慧尽在其中。

评论最后表示，当下两岸关系恰逢难得历史契机，唯以民族大义为重，以民族智慧化解僵局，先易后难，先同后异，先礼后情，先做后说，才能使“两岸新旧问题皆可寻求解决”变为现实。从现在起，坐下来谈，牵起手来干，民族深情、善意和智慧定将开创两岸和平发展的崭新格局。

海外媒体关注胡吴会：两岸正努力推进关系　促进双赢

中共中央总书记胡锦涛2008年5月28日下午在北京会见来访的中国国民党主席吴伯雄一行，外电对此予以普遍关注，并将此次“胡吴会”称为一次“历史性会晤”，认为两岸正努力推进关系，促进双赢。

英国广播公司报道称，国民党主席吴伯雄5月27日中午抵达北京，这是他此次大陆6日行的第二站。吴伯雄此行的主要目的是为了进一步加强海峡两岸的经济关系。

美联社报道称，2005年，当时的国民党主席连战对大陆进行了具有历史意义的访问，国民党与共产党之间数十年的冰冻开始化解；自今年3月国民党的马英九在大选中获胜后，两党关系更有改善。

马英九近日曾表示，赞同胡锦涛近期关于两岸关系的讲话以及“九二共识”等。他已经宣布，在下个月重新启动已经停滞了十年的两岸直接会谈。

路透社报道称，“一中”政策是台海关系稳定的支柱。国民党主席吴伯雄5月27日在南京表示，两岸血脉相连，同属中华民族，这一点任何人都无法抹杀；我们都应该抓住两岸关系的新机遇，正视历史，面对现实，然后开创未来。

法新社则报道称，两岸展开了积极努力推进关系。5月28日下午在北京人民大会堂举行的具有历史意义的“胡吴会”，是两岸近60年来最高级别的会晤，将有助于台海局势的改善。

报道援引吴伯雄的话称，希望通过双方的努力，能搁置分歧，寻求共识，建立双赢的局面。

报道还指出，马英九近期有关推进两岸关系的谈话以及台湾对大陆地震灾区的援助等，都是两岸关系取得显著发展的表现。

同胞，同根，两岸情

非常时刻总会有非常的感悟。瞬间吞噬六万多条生命的汶川地震，仍然在我们的心中震撼不已。平素挂在嘴边的一些言语，此时带给我们新的感动与含义，比如同胞、同根、两岸情。

同胞——同胞是什么？中国国民党主席吴伯雄惊闻汶川特大地震，马上致电胡锦涛总书记，对灾区表达关切与慰问。13日台湾《联合报》号召："我们期望台湾慈善团体能协助大陆灾民及时得到必要的救援，减轻灾损，并协助他们重建破损的人生。"在台湾企业界有"经营之神"美誉的王永庆先生14日捐助四川灾区1亿元人民币。"921"大地震震中南投的初中生，卖掉在园艺班上种的菜，将1000元新台币捐给四川。他们说："我们的能力有限，但心意绝对百分百。"

笔者12日收到的第一条有关地震的短信来自台北的记者同行，只有四个字：天佑中华！良言一句三冬暖。此刻，捐款、物资、救援队、悲痛的眼泪、焦虑的报道和短短四个字的祝福，具有同样的同胞之谊，都是我们的"雪中之炭"。

一位年轻的妈妈在网上记录了和幼女的谈话：

——妈妈，为什么哭？

——因为四川地震了，很多很多的叔叔阿姨死了。

——这些叔叔阿姨是谁？

——是我们的同胞。

——什么是同胞？

——同胞就是一家人，是亲人。

同根——北京一位70多岁的老太这次才知道了王永庆的名字，她问我："王永庆在北京卖什么？今后我一定要买点他的东西谢谢他。""921"大地震重灾区埔里镇的阿婆连普通话都不会说，但她们流着眼泪捐款。台湾红十字总会负责人陈长文13日向全社会呼吁："921"地震时大陆民众透过红十字会捐款超过300万美元，汶川地震比"921"

还严重，全社会要帮助四川赈灾……

人溺己溺、救人危难、守望相助、知恩图报、老吾老以及人之老……中华民族千年来的做人准则在两岸一脉传承。同根是源于同一血缘同一家乡，也是源于同一文化土壤，有同一的价值观和道德观，令我们即使素不相识，也是命运相连、甘苦共尝，危难中彼此依靠，因为有同根在那里保证：我们谁也不会掉头而去，更不会落井下石。那会千夫所指，无立足之地。

两岸情——平时在我们口中一说再说的“两岸情”，此刻在我们的心中引起更多思索。两岸情承载过太多伤害：被迫分离、内战仇视、长期隔绝……至今旧伤犹在，又添“台独”新创。但抽刀断水水也流，对父老、山河、文化的感情依然积淀在心。两岸能在瞬间解冻，能在20年间跨过重重藩篱，能于困境中时迎来和平发展的契机，两岸普通百姓间的情义是强大的推动和建设力量。1979年全国人大《告台湾同胞书》中提到：“（两岸）这种绵延了多少岁月的相互思念之情与日俱增”。据台湾媒体报道，蒋经国先生1987年作出开放老兵回大陆探亲的决策，是因为老兵背上写的“想家”两字打动了他的心。

“无情的漆黑，你需要我来陪/别忘了我会在你身边和你一起坚强面对……同胞的情谊，哪里能被震碎……”这是台湾艺人12日连夜创作的赈灾歌曲。在这样的旋律里，平日你来我往中难免的隔膜误解能化解，灾难中情义的力量又一次凸显！

同胞、同根、两岸情……这些我们耳熟能详的词语现在想来更令我们珍惜又珍惜！

香港《大公报》：吴伯雄登陆的定位与定格

香港《大公报》5月28日发表题为《吴伯雄登陆的定位与定格》的评论文章说，5月26日，对于两岸关系而言，注定又是一个值得纪念之日。这一天，中国国民党主席吴伯雄率团访问大陆。当然，吴伯雄大陆行最重要的莫过于是5月28日的“胡吴会”。

文章指出，从吴伯雄临行前的“大阵仗”来看，此番国民党大陆行确实“今昔不一样”。比如，吴伯雄本人就直言不讳，此番大陆行希望有助国民党党纲中两岸政策的推动与马英九、萧万长政见的兑现。国民党荣誉主席连战特别前往机场送行，与吴伯雄在机场进行短暂晤谈。马英九则在5月24日专门为吴伯雄等饯行，并托吴伯雄向国家主席胡锦涛转达，台湾愿意支持四川震灾灾民的心理辅导，并且认助与认养地震灾区；还拜托吴伯雄向大陆反映希望两岸人民透过这样的交流凝聚深厚的感情，因为两岸都是中华民族。分析人士还指出，此番汶川大地震台湾方面从社会到政坛展现空前的同情支持态势，无疑也使吴伯雄此番大陆行的成功增添了利好因素。吴伯雄为大陆行的“定位”，既概括了事实，更展现了他的政治抱负。

但是，“定位”并不等于“定格”。谓之“定格”者，也就是在历史一页中的位置与分量吧。那么，吴伯雄此番大陆行，公众心目中的“定格”又是什么？简言之，两岸关系向前大大推进一步，两岸经贸往来向前大大跨进一步，也就是说，推动“九二共识”深化一步。

按理，有“定位”基础，取得预期成功的“定格”并非难事，但事情往往不是“1+1=2”这个数学公式那么简单，往往有着某种变量。那么，吴伯雄此次大陆行有何阻力？

一个不争的事实是，近来民进党在不断地喊话，呼吁马英九勿自我搁置“主权”，又称国台办主任陈云林的回应是什么“着重统战”等等。而台岛更有媒体接二连三发出所谓“防止大陆促统”评论，还搁出“中共拉吴伯雄压台湾”等等言论。这种论调人们早已领教不鲜。民进党陈水扁“执政”八年，不是经常祭出上述论调为他们贪腐政权当挡箭牌吗？问题在于，面对这股逆流，国民党与马英九能否坚定不移沿着既定目标前进。因此，衡量吴伯雄此番大陆行的“定格”，重要的是他及国民党、马英九能否排除干扰，一如既往沿着“九二共识”方向前进。一个政治人物，在重大原则问题上观点前后不一，那么要建立政治诚信就带来困难。在这种情况下，吴伯雄主席大陆之行能否按预期“定格”，很大程度取决于他本人的政治抱负和坚忍不拔意志以及

□ 5月29日，吴伯雄一行离开北京启程前往上海，陈云林前往机场送行。

政治智能。

公众对吴伯雄之所以抱着厚望，既由于他是直接率领国民党在选战中冲锋陷阵并取得成功的领军人物，又是国民党荣誉主席连战的密友，深厚的人脉注定他是一个说话有分量的人物。在选战前后，吴伯雄始终按照国民党“十七全政纲”，在坚持“一个中国”、“九二共识”基础上为推动两岸关系和平发展而努力。

而今，在两岸关系发展中，历史的机遇就展现在国民党及马英九面前，吴伯雄大陆行的“定位”与“定格”也露出曙光。5月26日，吴伯雄在大陆行首站南京，甫下飞机发表的讲话中，就搁出一句：在“九二共识”之下，搁置争议，求同存异，创造双赢。此外，马英九主导下的台湾当局，也立即授权海基会展开与大陆海协会进行谈判等等。

香港《文汇报》：国共交流　再创历史伟业

香港《文汇报》文汇论坛5月28日刊登了署名喻兴光的文章《国共交流，再创历史伟业》指出，吴伯雄此次访问大陆，令国共两党的交流平台焕发新兴生机，必将凝聚海峡两岸同胞的共同感情，促进国共两党在新形势下进一步的交流、沟通、合作，为两岸关系和平发展作出新的贡献。

文章指出，中国国民党主席吴伯雄率领访问团前天抵达南京，开始为期6天的大陆访问行程，昨日拜谒中山陵，今日会在北京与中共中央总书记胡锦涛会晤，这次会面对两岸结束近60年敌对状态、增进善意和互信，具有重要的历史意义。国民党赢得台湾地区领导人选举后，两岸关系面临积极、重大的变化，吴伯雄此次访问大陆，令国共两党的交流平台焕发新兴生机，必将凝聚海峡两岸同胞的共同感情，促进国共两党在新形势下进一步的交流、沟通、合作，为两岸关系和平发展作出新的贡献。

吴伯雄在机场的欢迎仪式上，首先提议在场的全体人员向四川省汶川大地震死难者默哀一分钟，充分体现了海峡两岸同胞同属中华民族、血浓于水、手足情深的骨肉亲情。在四川发生大地震灾害后的第一时间，中国国民党中央委员会就致电中共中央，表示对灾区灾民的深切慰问；得知灾区人民生命财产蒙受巨大损失，广大台湾同胞慷慨解囊，捐钱捐物，台湾的救援队也首次赶赴四川灾区参与救灾工作。这种发自内心、朴素真挚的民族情感，超越了任何政治界限，拉近了两岸同胞的心理距离，为两岸关系迈入“雨过天晴”的历史新时期奠定了坚实的民间基础。

三年前，时任国民党荣誉主席的连战，无惧岛内民进党当局的“抹红”式攻击，毅然赴大陆访问，取得了巨大成功和丰硕成果，并确定了每年举办国共论坛的创举，迈出两岸关系的历史性一步。三年来，虽然海峡两岸仍是风云变幻，乌云飞渡，但是，一年一度的国共论坛却从未间断过，体现了国共两党在交流和合作方面巨大的生命力和发展空间。

如今，海峡两岸终于迎来了推进两岸关系和平发展的春天，国共两党的交流和交互，将对两岸关系发挥更加重要的作用。吴伯雄表示，这次国民党访问大陆是两岸一个新时代的开始，这表明，他将继承和发扬胡锦涛与连战开创的国共交流平台，为两岸关系和平发展作出新的努力和贡献。

台湾“陆委会”发言人刘德勋已确认，正式授权海基会与海协展开关于两岸周末客、货包机直航与大陆客赴台观光等三项议题的协商。吴伯雄此次访问大陆，必将有力推进两会未来在“九二共识”基础上，搁置争议，求同存异，就上述具体议题尽快展开磋商，并达成具体的协议后予以执行，造福两岸同胞，缔造两岸互利双赢的新时代。

成果十分丰硕　两岸雨过天晴

真正体现了“建立互信、搁置争议”、“为两岸关系的发展架起了沟通的彩虹”、“成果十分丰硕，两岸雨过天晴”。中共中央总书记胡锦涛同中国国民党主席吴伯雄5月28日在北京举行的会谈，受到海峡两岸学者的普遍关注。他们在接受新华社记者采访时，纷纷对会谈及其取得的成果给予高度评价。

建立互信、搁置争议是会谈取得成功的关键

“为什么两次国共领导人会谈都能取得丰硕的成果？我认为，关键原因是双方有一定的互信，有搁置争议、解决问题的诚意和务实态度。”福建省文史馆馆员、台盟中央两岸关系委员会主任陈正统说。

他指出，吴伯雄和连战先生一样，长期以来就是岛内两岸和平的重要推手。这次访问大陆期间，又多次提及孙中山先生是两岸共同崇敬的伟人、留给值得两岸珍惜学习的共同资产，多次明确表示两岸同属中华民族。这让大陆方面感到了善意。相比两岸间在历史和文化上的众多“共同资源”，一些具体事务性问题的分歧显得微不足道，会谈能取得积极成果也就理所当然。

“搁置争议是这次会谈的最显著特点之一。为了促进两岸关系朝和平稳定方向发展，双方都明确表示坚持‘九二共识’，互相释放善意和诚意。正是这种积极、务实的态度使会谈达成了丰硕的成果。”台湾中国文化大学大陆所教授邵宗海说。

胡锦涛总书记在会谈中表示，关于台湾同胞参与国际活动的问题，我们了解台湾同胞在这个问题上的感受。“我相信，双方共同努力，创造条件，通过两岸进行协商，这些问题会找到解决办法”。对此，中国国民党智库高级助理研究员邓岱贤认为，这一讲话，显示胡总书记和大陆方面愿意搁置过去两岸在一些敏感问题上的争议，以全新的思维给出正面回应。“两岸下一阶段应该在这种和谐气氛下，通过加强经贸合作逐步累积互信”。

会谈成果有助于解决两岸现实问题

对于会谈的成果，邵宗海认为可用“巨大、丰硕”来形容，而其中最关键的就是国共两党通过会谈就两会尽快恢复协商达成了共识，而且两会商谈随即启动。

“5 月 28 日双方达成这一共识后，5 月 29 日海协会就发函邀请海基会于 6 月 11 日至 14 日来京协商，海基会也立即表态接受邀请。这意味着，两岸间中断多年的协商谈判终于恢复。而正如胡总书记所指

□ 5月26日，吴伯雄率领大陆访问团抵达南京，陈云林到机场迎接。

出的，恢复两岸协商谈判并取得实际成果，是两岸关系改善和发展的重要标志。”邵宗海说。

胡锦涛总书记在会谈中表示，两会恢复协商后，首先要解决当前两岸同胞最为关心的两岸周末包机、大陆居民赴台旅游问题。只要双方共同努力，这两件事完全可以在最短时间内办成、办好。台湾大学政治学系名誉教授张麟征认为，这一讲话将促使两会就上述议题的协商尽快“谈出成果”，而这两个问题的解决将给台湾经济发展带来很大的助力。

台湾淡江大学大陆研究所教授潘锡堂说，如果两岸周末包机和大陆居民赴台旅游成功实施，人们将有理由乐观预期，两岸期盼已久的双向直航有望在不远的将来成为现实。两岸人员交流规模的扩大和往来方式的日益便捷化，将大大有助于消弭双方误会、增进彼此感情。“可以说，会谈为这幅美丽蓝图勾勒了框架”。

相比2005年连战先生的“和平之旅”，中国社科院台湾研究所研究员孙升亮认为，随着国民党在岛内“身份”的变化，国共今番再度会谈，不仅可以讨论的议题比过去明显增多、内容更加深入，而且一些成果在得到双方认可后能转化为现实政策，对两岸关系发展产生更具实质性的影响。

国共交流平台能对两岸关系产生正面影响

胡锦涛总书记在会谈中表示，新形势下，国共两党应该继续交流对话，发挥交流平台的作用。吴伯雄主席也表示，两岸协商恢复后，双方的制度化协商与国共两党的交流平台，应该同时发挥作用。对这一点，陈正统的理解是：两党领导人在这一问题上的共识，说明即使两会恢复商谈，两党的党际交流平台仍将也一定能对两岸关系的发展产生积极的推动作用。“吴伯雄此次大陆行是对2005年以来国共两党党际交流的发扬光大，也是国民党在台湾重新‘执政’后希望务实发展两岸关系的集中体现。”潘锡堂认为，“会谈架构建立在两党领导人三年前发布的‘两岸和平发展共同愿景’框架下，体现了两党的互动交流。在这次会谈间得以确定的两岸恢复协商，也将在此框架下，成为两党互动交流的延续和深化。”

胡锦涛和吴伯雄会谈时，两人都从四川汶川大地震入题，殷切的话语表达出两岸同胞发自肺腑的骨肉深情。这给两岸学者留下了深刻印象。邓岱贤感慨地说：“正是因为两岸同属中华民族，本是一家人，两党领导人的会谈才会充满血浓于水的亲情。大家今后如果能继续这样互相关心、互相体谅，两岸关系就有望日益和谐。”

潘锡堂认为，民族感情自始至终都是这次会谈的重要内容之一。他说：“在会谈中，两岸血脉相连的民族感情得到了交汇融合，使‘两岸一家亲’的深厚亲情显露无遗。这次会谈不仅有助于落实两岸经贸关系正常化，也有助于深化民族感情。”

两岸“钻牛角尖”年代过去
为实质问题发挥智慧

台湾《中国时报》发表社论文章说，中国共产党和中国国民党的领导人，日前终于在善意的氛围下会面了，双方除了确定六月中旬让两岸“两会”复谈，虽然直航等问题都还得要等后续的两会协商后才算正式拍板，但至少这场吴胡会的成功，已经为六月启动的两会协商营造了乐观的氛围。

社论说，看到国共两党高层握手寒暄的画面，实在令人感慨万千！这两个政党对立斗争了大半个世纪，种下多少历史恩怨？如今两党领导人都将“和平”标举为最高价值，都宣称要把人民的利益摆在最前面，回首前尘那一页页国共斗争史，曾让多少世代的青春岁月、生命记忆，绑在这滚动的大历史洪流里？如今这一切俱成历史陈迹，说它“一切尽付笑谈中”好像太轻，但好像也只能说“一切俱往矣”，不是吗？没有这一页复杂纠结的历史，也就不会有今天这般复杂难解的“两岸关系”了。

无论历史的过往如何，终究还是只能交给史家去评断。而怎么书写未来历史的任务，还是操持在新世代的手上。该怎么让未来的两岸关系迈向和平的、和解的、对话的，再进一步进展到合作的、互利的状态，机会其实也操在双方领导人的手中。仅就这一点而论，先是博鳌论坛的“萧胡会”，然后再推进到这次的“吴胡会”，可以看得出来，两岸从迂回试探到正面对话，都付出了相当的心力，双方都在语言修辞上细心斟酌，所有可能引发彼此敏感联想的字句都尽量避免；双方也都在传达善意的论述上悉心布局，好让彼此都有各自的诠释空间。

某种意义上，这种语言工程的重建是必须的。毕竟两岸对话的中断，乃至长期的对立僵持，除了彼此零和对抗的挑衅外，很大部分就是肇因于双方长期恶言相向所形成的恶性循环。当两岸不再在对方的语言中挑毛病、作文章，而是致力寻找彼此的最大公约数与善意，自然也就转而形成良性循环了。

社论最后表示，不讳言说，两岸过往都对“前提”的坚持一步不让，永远都是“先要对方如何如何……，才能如何如何……”，结果落得双方都在努力“钻牛角尖”，最后当然是什么都谈不下去。如今两岸显然都学会了暂时搁置争议，说是“存而不论”也好，说是“各自表述”也罢，至少都愿意求同存异，也都愿意让对双方都有利的部分议题“先行”，等到累积了一定的互信基础，再往更敏感、更高层次的议题推进，只要维持这种“务实”的态度不变，那么一步步找出双方都可以接受的模式，就一点都不困难了。真的，斗争的年代已经过去了，两岸政治喊话的年代也该过去了，如今何妨都集中在实质问题的解决上，各自发挥智慧呢！

台湾《中国时报》：两岸春暖花开 吴伯雄为台湾带回大礼

中国国民党主席吴伯雄率团在大陆访问。台湾《中国时报》发表评论文章说，此行对落实马英九竞选时“包机直航、开放大陆客到台观光”政见做出重大贡献。两岸春暖花开，不再是零和赛局。吴伯雄此行给新上任的马英九带回了一项大礼。

文章称，综观此行，吴伯雄完成了直航、海协海基两会复谈、大熊猫到台等多项具体历史性任务，顺利从荣誉主席连战手中接棒，继

□ 5月27日，贾庆林在北京会见吴伯雄一行并合影留念。

续开展国共两党合作。

文章说，在马英九上任后，两岸关系出现前所未有的好光景；双方都愿意在“九二共识”的前提下复谈，让迟滞十年的两岸关系迅速破冰。吴伯雄此时访问大陆，对已融冰的两岸关系给予临门一脚的推动力量。

文章认为，马英九提出直航、开放大陆客到台观光要求，大陆立刻释出善意回应。海基、海协两会火速决定6月11日重启对话，对新上任的马团队而言，的确是一项大礼。

喜观吴伯雄大陆之行
乐见两岸关系良性发展

台湾中国文化大学中山所教授蔡逸儒在新加坡《联合早报》撰文指出，中国国民党主席吴伯雄的大陆之行具有非常大的政治、历史及现实意义，后续影响不宜低估。

首先，这是国共继1945年重庆“双十会谈”后的再次对话，虽然2005年以来，连战曾经五度访问中国大陆，与胡锦涛总书记多次会面，受到高规格的对待，但当时中国国民党已经在野，而且连战当时的身份是国民党荣誉主席。此次国民党已经透过选举赢回政权，吴伯雄是以现职执政党党主席的身份访问中国大陆，其意义当然不容小觑。这也难怪台湾各界、国际媒体、外国驻台机构会特别加以重视。

其次，吴伯雄先生行前，马英九还特别高调给予加持、肯定，嘱其前往国民党总理孙中山先生埋骨所在之南京中山陵致敬，强调国民党已经赢回政权，彼等中山信徒将切实遵循孙中山先生民族、民权、民生遗训，善尽职责，为民服务，以告慰孙中山先生在天之灵。

这是继马英九日前在台遥祭黄陵之后，再度在媒体面前语带哽咽，不自觉地表露出他内心深处中国人情怀的一面，两岸双方都应多加肯定。

第三，吴伯雄此行已与中共中央总书记胡锦涛会面，两人会谈必定触及过去五次“胡连会”的相关结论。过去由于是民进党执政，相关协议都无法落实，如今国民党既已夺回执政权，吴主席现在又亲访中国大陆，而且过去国共协议也早经国民党中央常会批准在案，所以我们可以预见，吴主席此行之后，过去双方的共同愿景可望成为将来彼此的具体共识，两岸关系会有进一步改善、落实的空间和机会。

笔者认为，大陆方面既然有意借机对台湾民众、马英九当局展现善意，所以有关包机与大陆观光客赴台的事情应该已经定案，不会再有变化。吴伯雄此行将会敲定此事，然后再由海基会与海协会完成形式上的谈判，即可付诸实施。不过除了这些比较偏向技术面、功能性的实际问题之外，各界多半认为，以胡总书记和吴主席的高度，必定还会有一些象征性的政治性对话和内容。

当然，现已在野的民进党自然不会放过任何修理国民党和吴伯雄的机会，说是吴伯雄此行是要向中共报告、交心，国民党让步太多、太快，不但自我矮化，马氏当局还有失尊严等。民进党不但尝试分化马英九与吴伯雄之间的关系，还由阴谋论的角度出发，说是大陆也正在离间台湾党、政之间的关系，大陆想要利用国民党来牵制马英九当局，各种指控不一而足。是耶，非耶，日后自然会得到答案。

整体看来，两岸都有意搁置争议、建立互信，不管是求同存异、求同化异，或是正视现实与否，双方看来都有意共创未来、追求双赢。仅此一端，我们就该对吴伯雄的大陆之行，胡总书记与吴主席的会谈给予最高的肯定。我们也期望透过这种高层的良性接触与对话，能为两岸关系打下良好的基础，在可预见的将来，大家应能在台湾接待到访的大陆海协会新任会长陈云林。

两岸关系的改善对台湾、对大陆，对两岸人民，对国际、对区域的政治、经济、安全都是正面的发展，值得肯定与鼓励。继“胡吴会”之后，双方都要把握机会，掌握势头，切莫为了枝节小事坏了大局。换个思维，天下没有不可能的事情。大家都应为了追求一个自由、民主、均富、共存、共荣的统一的中国而努力。

中央电视台《海峡两岸》专访吴伯雄

5月31日中午，由吴伯雄主席率领的中国国民党大陆访问团一行，结束了在大陆为期6天的行程，离开了最后一站上海，返回了台湾。那么这次被外界称作是“雨过天晴”之旅的访问行程究竟给吴主席留下了怎样的印象？这次访问又会对两岸关系产生怎样的影响呢？对此，中央电视台中文国际频道的《海峡两岸》栏目对于吴伯雄主席进行了专访。

5月31日，中国国民党主席吴伯雄率领的访问团，结束了在大陆为期6天的访问行程。从上海乘坐包机，返回台湾。临行前，吴伯雄高兴地表示，他将在两个月后的奥运会上，再与大家相见。

从5月26日抵达南京，到31日结束访问行程的6天时间里，中国国民党主席吴伯雄率领的访问团，第一站先在南京拜谒中山陵、随后到北京与中共中央总书记胡锦涛进行了会面，最后他在上海与当地台商进行了座谈。在离开的前一个晚上，他接受了中央电视台《海峡两岸》栏目的专访。

柴璐（记者）：吴主席，首先我还是想先跟您说一声感谢，因为我想先谢谢您，谢谢国民党，谢谢千千万万台湾同胞，我觉得在这次地震灾害当中，我们真的是特别深切地感受到你们的关怀和援助，其实我知道很多台湾人没有到过大陆，也没有到过过四川，他们在四川没有亲戚朋友，您觉得为什么在这次震灾面前，他们会这样，毫不犹豫的，义无反顾的伸出援手，您觉得这份情谊从何而来?

吴伯雄（中国国民党主席）：我想台湾曾经遭遇过“921”地震，我们深切了解灾区的那种非常严重的破坏造成的痛苦，尤其是生命的损失，受伤的，无家可归的，我们都经历过，所以当四川汶川发生地震时候，我们大家都非常焦虑，一直看这个发展，结果发现这个灾情太大了。在台湾呢，全世界都在关心这个事，何况是一水之隔的台湾，所以台湾的反应是比较强烈的，他们自动自发的想帮忙，这种感情流露无疑，这也是海峡两岸到底是同属中华民族，看到自己同样是炎黄子孙的都受到了这样的痛苦，这是我觉得很自然。这种反应是很自然，所以我这一次代表团来，大家也很自然的，一下飞机先默哀，今天呢，坐了三个小时车子到宜兴大觉寺，因为我是佛教徒，我们用佛教徒最虔诚的心情做祈福的法会，为往生者慰灵，然后为四川灾区的民众，给他祈福，希望他们真的加油，一定要振作起来，一定要振作起来。

柴璐：我想这也是一个您在强调的，就是要两岸要“积累善意，加强互动”的一个体现。

那么此行之前的时候，您是带着什么样的愿望和目的来的，现在您觉得这些愿望都达到了吗?

吴伯雄：因为这八九年来，因为大家所知道的原因了，两岸的关系陷入低潮，甚至倒退，这是我觉得蛮不幸的发展，而今年的两次选举证明台湾的民意，多半认同我们中国国民党的主张就是，两岸可以和平发展，避免冲突，避免战争，而且可以追求双赢。我们觉得我们彼此都有足够的智慧，在暂时搁置争议的情况下，把能够解决的问题，不要再耽误了，不要再停滞不前了，不断的求同存异，“同”的部分越来越多，“异”的部分将来也比较有机会解决，我们是站在这样一个立场，所以我们会更积极的为台湾人民谋福利，为两岸人民谋和平。

柴璐：所以你们也是带着这样一种责任感和履行承诺这样的愿望来的那您这一行感受到了大陆方面的善意了吗？

吴伯雄：我非常感受到，尤其是胡总书记，他那种宏观，站在历史的高度，看得很远，所以他能够说，只要互信能够建立，只要"九二共识"彼此都有一个共识，其他的都好谈，先从容易解决的经济上，先经济，后政治。所以他这一次他很明确的说是，让先把两会，海基会、海协会，正规的协商制度赶快把它恢复，都已经停了好几年了，恢复以后，海基会能够跟对口单位海协会来谈，但是我们过去的经验，国共的平台，对在过去两岸关系陷入低潮的时候，发生了稳定的作用，调和的作用，使得局势不会变得太僵，现在更应该发挥积极的功能，所以，两党的平台，跟两会的协商，应该就像两只脚一样，互为前进。我们彼此间都是非常有这个默契的。

柴璐：所以也有一些人有这样的疑问，因为毕竟海协会和海基会

□ 吴伯雄接受中央电视台记者采访。

这个沟通的平台已经停滞了十多年了，而且其实是从2005年连战主席访问大陆以后，国共平台在两岸交流上起到了一个非常重要的作用，达成了很多的共识等等，那么在未来的时候，这种两会的管道，和这种国共平台的管道，之间会是一个什么样的关系，会是一种平等状态下的个人分工的，还是有主有次的关系？

吴伯雄：当然，海基会、海协会能够谈的，能够解决的问题，我们中国国民党不会跟他重复，而且乐于看到他们有很好的绩效，但是我觉得国共的平台，甚至很多的论坛的继续举行，有助于彼此之间更密切，我们可以站在非常对等的立场，彼此交换意见，我们有这样的想法，而胡总书记也更有这样的想法，所以我们决定，我们要珍惜国共平台它的功能，让它继续强化。而且三年前，国共两党的“五项和平愿景”，当然当时我们在野党，我们很多的主张当局不一定会理睬我们，但是现在我们变成执政党。我们过去的“五项愿景”已经列入我们中国国民党的政纲里面，这是我们对人民的承诺，这也是对两岸人民的承诺。

2005 年 4 月 29 日，正在大陆进行访问的时任中国国民党主席连战，与中共中央总书记胡锦涛会面。会面后，国共两党共同发布了达成的“五点愿景”。

这“五点愿景”是：一、促进尽速恢复两岸谈判，共谋两岸人民福祉；二、促进终止敌对状态，达成和平协议；三、促进两岸经济全面交流，建立两岸经济合作机制；四、促进协商台湾民众关心的参与国际活动的问题；五、建立党对党定期沟通平台。

柴璐：在2005年的时候，连战主席到大陆来访问，而且跟胡总书记达成了“两岸和平发展的五项共同愿景”，那么现在国民党成为执政党了，可以说你们的整个能力和能量更大了，那么您认为这个“五项愿景”当中，哪些你们已经开始推动了，哪些已经产生成果了，哪些是下一步要启动的。

吴伯雄：比如说，“五项愿景”里面，“两党平台交流”我们会非常努力的交流，然后经济的合作，经济的交流和合作，比如说这一次“直航”，已经谈了八年多，然后大陆观光客到台湾来，也已经谈了三年多，过去陈云林主任在三年多前，他说他被授权，宣布大陆观光客可以到台湾去，这些都一一实现。当然我们还有很长的路，比如说“和平协定”，两岸的经济的合作最后慢慢看，是不是能够有共同的市场。

柴璐：建立两岸共同市场。

吴伯雄：是，这一类的事情，还有很长的路要走。但是最少以现在的氛围，彼此都会往好的，正确的方向上走。这些交流的成果，让老百姓深深觉得，这个方向是对的，这是很重要的。比如说，台湾到大陆，不能直飞，还要到香港，这样弯一下，多耗多少油，其实香港也是特别行政区。

柴璐：而且飞起来也是很辛苦？

吴伯雄：很辛苦，比如说我到上海，过去每一次都要花六七个小时，将来可能直飞，截弯取直，可以很快地到。我那天在中山陵，我就说，明年孙中山先生在中山陵奉安了第80年，我说希望明年我能够花两个小时的时间到南京去谒陵。开放大陆观光客也是如此，交流越多，彼此越不陌生，彼此的想法越能够了解。这就是一个“一回生，两回熟”，最后“冤家”会变“亲家”的过程，也就是这样。

柴璐：我们观察到，不管是在“322”选举前，还是在选举后，其实国民党在很多的场合，口头的一些承诺也好，还是实际的努力也好，但都不断在强调两岸关系的政策，不断地在强调两岸关系在于整个台湾局势的一个重要性，那你觉得为什么国民党这么重视？

吴伯雄：因为台湾人民希望两岸和平，不希望像过去故意去冲撞，然后阻碍了两岸人民的交往，我想这两次选举证明我们所标明的这个方向，受到多数民众的支持。所以这是一个新的契机，从这次拨云见日的开始，雨过天晴的开始，我们要珍惜它，好好珍惜它，只要这个方向一步一步推动了，两岸的关系应该是越来越好。

柴璐：一部分台湾民众吧，他们有这样的顾虑，他们怕现在一手握着“立法”权和行政权的国民党会“一党独大”，他们怕你们会重走以前的老路，那么你们会怎么样去打消他们的顾虑呢？

吴伯雄：我们竞选的对方（民进党），他这八年不断发生贪污腐化的现象，老百姓对这个已经是非常不能够容忍了，然后，很多意识形态造成的施政的失败，也是引起人民很多的反感。所以在台湾，人民对我们来说，能够载舟也能够覆舟，所以我们一直，两次选举赢了以后，我们向人民表达，我们会珍惜、谦卑、感恩，过去，不管是我们自己犯了错误，还是对方犯了错误，我们引以为戒，战战兢兢，临深履薄的心情重新来执政，我相信，我们执政应该能够得到老百姓更高的一个信任。所以我们曾经在选举胜利的时候，我强调，没有“一党独大”的问题，只有人民是最大的，那天我在中山陵看到孙中山先生“天下为公”的书写，我就加上一个“人民最大”，事实上，两岸都是可以以这个作为一个努力的目标。

柴璐：那么现在国民党重新执政了，您觉得摆国民党面前的挑战和考验有哪些？

吴伯雄：在八年向下沉沦的情况下重新执政，也是千头万绪。这几天，台湾也引起了很大的不安，就是油价要涨了，电价也会涨，水价也会涨，人民感觉到口袋里面的钱薄了，这就是因为本来应该随着市场机制来调整的（价格），已经压到我们执政以后，由我们来调整，所以这种反弹，人民在这个时候蒙受的痛苦，我们一方面应该用配套的措施，对于经济能力比较差的这一族群，怎么样来补贴，然后我们要创造更多的对经济的利多，所以凭良心讲，这一次两岸的直航，大陆观光客到台湾呢，对我们是非常迫切。就是在老百姓蒙受水价、电价、油价都涨的情况之下，一方面看到经济的发展还是有它的前景，好的一面。所以，假如真正能够实现的话，我是觉得是非常感谢的一件事情。

柴璐：那么如果你们就按照你们选前所向台湾民众承诺的那样不断地向前走的话，您觉得四年之后，台湾民众还会放心把下一个四年的未来交给你们吗？

吴伯雄：我相信应该是如此，应该是如此。目前，过去国民党在台湾从来没有真正失败过，只是因为不团结的国民党才会输，经过这一次的经验呢，团结起来了，我们基本盘还是相当的稳固。所以团结的中国国民党在台湾应该是会继续得到胜利跟支持的。

吴伯雄，生于1939年，1968年当选“台湾省议员”，历任桃园县长、“内政部长”、台北市长、国民党中央秘书长等职，2000年他出任国民党副主席，2007年4月当选中国国民党主席，在他的带领下，中国国民党赢得了2007年底的台湾地区“立委”选举，和2008年的台湾地区领导人选举。

吴伯雄立足台湾政坛40年，被成称作“政坛不倒翁”。由于他德

□ 吴伯雄接受记者联合采访并合影留念。

高望重，台湾各界人士都喜欢称呼他为“吴伯公”。

柴璐：我知道很多的台湾媒体，包括台湾不分老幼尊卑的人，见您的面都喜欢叫您“伯公”，还有“伯老”，这是为什么呢？

吴伯雄：这个是好意吧，因为我是客家人，客家人“伯公”的意思就是土地公的意思。

柴璐：为什么他们叫您土地公呢？

吴伯雄：大概可能是，因为我也从政40年，虽然69岁，也不算是老到哪里去，但是还是在政党里面算是前辈，所以他们是一个尊称了，但是我现在开玩笑，我宁愿不叫人家叫我“伯公”，叫我“雄哥”什么的。

柴璐：所以我看，很多人说您是特别幽默，喜欢开玩笑，今天真是觉得此言不虚，还有很多人说您是一个特别开朗的人，说您喜欢大笑，喜欢唱卡拉OK，每逢唱歌都必唱《感恩的心》，还有人说您是一个特别谦和的人，从来不摆架子，那我今天就特别想请问您，您对自己有一个什么样的评价，您觉得自己是一个什么样的人？

吴伯雄：自己评价自己是最难的一件事情了，但是我这一年多，我觉得我蛮安慰的，在国民党我当主席，大家一条心，很团结，我想其中一个理由是我跟任何人没有竞争关系，我跟任何人没有竞争关系，无所求。所以，国民党这一年是相当团结的一个阶段，所以这个必须维系下去，我们必须维持这个团结。只要为“大我”着想，不要计较“小我”，我相信，人跟人之间是可以用“同理心”互相替对方着想，我想两岸之间也是如此，两岸之间只要用“同理心”，异位而处，假如我是你，你会怎么想，所以我是非常希望大陆的朋友们，能够多到台湾，也去了解一下台湾的历史，这一百年来是怎么过来的，去了解一下台湾人民的想法，其实台湾的人民是很忠厚，很善良的一群人。

柴璐：您觉得您身上有台湾人的优点，就是忠厚、善良、平和，不追名逐利，那么您29岁就当选了省议员，33岁就当选了桃源县长，这在当时的当选者里面都是最年轻的一个记录。您刚才您也说，您屹立政坛40年不倒，被大家称为“政坛不倒翁”，那您靠的是什么？

吴伯雄：我想我觉得我很幸运，但是有些不在我生涯规划之内，我当党主席本来也不在我生涯规划之内，但是人算不如天算，一年多以前，马英九这么一个清廉的人，居然被以贪污罪被起诉，我们当时就觉得这个时候要站起来，对司法要加以抗议的时候，所以当时马英九被起诉的时候，我们一方面鼓励，你不但不能退缩，你就宣布竞选。然后我就接任党主席。有些不是我原来的生涯规划，但是碰上了我会全力以赴。

柴璐：那您原来的人生规划是什么样的？

吴伯雄：原来准备是在宗教的这个领域里面，多做净化人心的工作，我也有一个基金会，合作公益慈善事业，但是现在，担任国民党的主席也不得不全力以赴，虽然不是原来的规划，但是既然承担了这个责任，我会全心全力，包括两岸的和平发展，这也是我要全力以赴的目标。

柴璐：那么我们也知道，当年您出来竞选党主席，挺身而出的时候，正是国民党最艰难的时候。

吴伯雄：那个时候很艰难，很多人都说，国民党这一下差不多了。

柴璐：对，因为马英九被起诉，然后当时你们还面临着“立委”的选举和下一次2008年“大选”，当时很多人说，那时候出来当党主席的人是在“跳火坑”。

吴伯雄：是“跳火坑”。

柴璐：那您不知道当时有多艰难，您不知道这个担子有多重吗？

吴伯雄：我认为在这个时候不能退缩，勇往迈进，我自己相信自己是行“菩萨道”，对苍生有利的“菩萨道”，很多人就问，你一直温良恭俭让，怎么能够打这样凶悍的选战呢，我常常开玩笑说，菩萨也有金刚之目啊，该挺身而起的时候，不能回避的时候，还是要挺身而出。选举是那么的激烈，做一个主帅的人，假如自己不往前冲，光叫别人冲是没有用的，只有自己带头冲，我们一起奋斗的人才有士气。

柴璐：您也一直说，这国民党党主席是您人生当中最后一个政治任务了，那么这个政治任务当中您有没有给自己设立一个目标？

吴伯雄：因为我的年龄明年也70了，我这次到大陆上去看，中国共产党有一件事让我很佩服，一个梯次一个梯次，不断培养新人，所以我在国民党主席任内，一定也要建立类似的制度，当然国民党是一百多年的老政党，它有它的文化传统，伦理，有些时候，有些场面，还真的没有前辈出来讲话还不行。因为很多优秀的人，虽然年轻，总觉得他的资历还不够，但是我觉得以国民党目前的情况，一定要多培养年轻的一代，让他们随时有接班的准备，我相信这样的一个制度的建立，是我们所应该注意到的。

柴璐：我想培养年轻人重要，您也要好好保重身体，多锻炼身体，因为国民党和两岸民众都会非常需要您，谢谢主席。

吴伯雄：谢谢。

中国国民党大陆访问团行程

5 月 26 日

抵达南京，中共江苏省委领导会见

5 月 27 日

拜谒中山陵

离开南京，抵达北京机场

在钓鱼台与贾庆林会见

5 月 28 日

参观五棵松棒球场，鸟巢主体育场

中共北京市委领导会见

在人民大会堂与中共中央领导人会见

出席国民党访问团记者会

5 月 29 日

中午飞抵上海

下午参观台资企业

当晚与中共上海市委领导会面

5 月 30 日

上午前往大觉寺

晚上设宴款待台商

5 月 31 日

起程飞返台北

附　录

吴伯雄小传

吴伯雄，如果要形容他，就像隔壁邻居的乐观阿伯。他早上出门，笑眯眯地和他的另一半说再见，晚上准时回家，抱小孙子逗乐。周末他和全家打乒乓球，经常传来他爽朗的笑声，和兴致来时的几句歌声。他就是那么的平凡、随和、亲切，乐于与人相处。

然而，他也有他的不平凡处。他28岁就当上省议员，33岁时又做了当时最年轻的桃园县县长，再历任“公卖局长”、国民党中央党部秘书处主任，45岁时当了最年轻的“内政部长”，再历任台北市长，至再度二任“内政部长”。在国民党“十四全”中，他以最高票当选中央委员。

但如果以为他历任党政要职，他就变成一个只会板着脸的官僚，那又错了。他还是他，那个热情洋溢的，对朋友忠义、对民众谦和的吴伯雄。高兴时，他和“公卖局”里的员工“杯杯见底”大喝啤酒；和台北市议员朋友告别时，他又热泪满眶。他最受不了的是“人家对他的好”。

但如果以为他的柔情似水是软弱，那又错了。吴伯雄有他的做人原则。如为了维持烟酒不加价的承诺，他宁愿辞去“公卖局局长”的职位；又如在适度开发关渡平原问题上，他一点也不肯让步。

吴伯雄虽然出生于一个富裕的家族，但从不过奢侈豪华的生活，他维持着一个传统节俭的家庭，对子女管教相当认真。

但如果认为他的作风保守，那又错了。吴伯雄爱唱流行歌曲，能和青少年打成一片，在某些宴会场合，他的荤素笑话能使举座倾倒。

虽然身为政治人物，吴伯雄也像一般民众，对上天有敬畏之心，他相信因果，有虔诚的礼佛之心。他就像隔邻的乐观阿伯，是一位好市民、好丈夫、好爸爸，好心、善良，让人有安全感。

吴伯雄，他就是这样一位平凡又不平凡的人。

申子佳

1994年元月

新街庙的吴家

说起新竹中坜新街庙吴家，在地方上可是大大有名。吴姓在中坜本是大姓（排名第七）。

吴家祖籍原在福建省永定县下洋镇思贤乡。下洋镇位于福建省西界，和广东大埔县隔一座山（与李登辉先生的祖地永定县湖坑乡东西毗邻，仅数里路之隔）。

吴伯雄的曾祖父吴胜昌由大陆来台后，起先落脚在大溪三峡附近河边种茶，一场大水后迁到桃园中坜新街庙。祖父吴荣棣（朝光），于清末考中秀才，在中坜设教兴学，并创办“以文吟社”。1929年迁居于目前市区中正路中坜医院现址[1]。

吴荣棣生八子三女[2]，三子吴鸿麟在当地悬壶，新街庙旧第则由长房吴鸿森一支卜居。

吴鸿森和吴鸿麟都是台北医学专门学校毕业。吴鸿森曾任日本赤十字社台湾支部医院员、新竹州协议会员、中坜街方面委员、新竹州联合医师会副会长、台湾省参议员、国民参政员（当时台湾只有八个名额）、国大代表及省府委员。吴鸿麟后来在1960年以五篇论文专册寄到日本评审，获得日本九州大学医学博士学位。吴鸿麟曾任台北帝大医专附属医院的外科医局长。32岁离开帝大后，就协助哥哥吴鸿森设立了中坜医院，那是在1931年间的事。吴伯雄就是在那间医院诞生的。

吴鸿麟在30岁（1929年）时与苗栗林姓望族前苗栗县长林为恭之妹、出身台北第三女高的林访兰女士结婚，育有三男三女。长女吴芳英、长子吴运雄、次子吴世雄、次女吴雪梅、三公子就是吴伯雄，下面还有三女吴瑞枝。林为恭的儿子林佾廷、大弟林为宽、幺弟林为梁都曾任省议员、镇长等公职，为一政治世家。

1946年3月，即吴伯雄七岁的那一年，前新竹县（即今桃、竹、苗地区）举行县参议员选举，吴鸿森是中坜地区选出的县参议员，而吴鸿麟则是由医师药剂师公会推选为县参议员，两兄弟双双进入前新竹县参议会，这事在桃、竹、苗地区可说是破天荒的纪录。吴家在地方上的政治声望从此建立。

1946年4月，由县参议员选出省参议员，吴鸿森又当选为省议员。

在此期间，吴家发生一件不幸的憾事，那就是在1946年2月，台湾发生了“二二八事件”。吴鸿森的二弟即吴鸿麟的孪生兄弟吴鸿麒（日本法科大学毕业）因任台湾高等法院推事遭受仇人诬告而被枪杀，成为“二二八”的受难者，案情一直无法查明真相。至今吴伯雄的二伯母杨焄治女士提起往事，仍感伤痛。40年后，吴伯雄在“内政部长”任内，参与处理“二二八事件”的抚平工作，他的身份及心情之复杂，也使许多人感叹世事之多变无常。

1947年11月，吴鸿森当选以桃园、新竹、苗栗为选区的国大代表。

1952年，吴鸿麟当选为桃园县第二届县议员，并担任议长职二年（1953年2月21日至1955年2月20日）。吴鸿麟在议长任内，最被人称诵的事是，他从不乘坐公家派供的专用座车，在议长任内为公家省下八万元开支（约等于今日的240万元），移交下届议会。

1960年，吴鸿麟更当选为桃园县第四届县长（1960年6月2日至1964年6月1日）。

虽然1994年时已是96岁的高龄，行动略有不便，吴鸿麟老先生头脑仍然清晰，他担任新竹中小企业银行的董事长及新国民综合医院院长到92岁时始退休。吴老先生的生活相当规律，不喝酒、不吸烟，早睡早起，少吃肉，多吃蔬菜、水果，多运动。90岁前，每星期三天，上午7至9时，在新丰高尔夫球场打球。

吴老先生回忆，一生令他最难忘的是他任第四届桃园县长时，桃园县全年的总预算只有三亿多，人口50多万，没有工厂，无法扩展地方建设，在任内做得很辛苦，但那个时候真是“府会一家”，团结融洽，真感谢当年那些“老议员”的支持与尊重，与目前的情况比起来，缅怀过去，真是喜在心头[3]。

（吴鸿麟先生1995年3月逝世，享年97岁。）

【1】见1990年4月6日台湾《中国时报》。

【2】请参考1991年7月27日台湾《联合报》所刊吴鸿森先生讣闻。该讣闻所列，吴府自吴鸿森一辈以降，家族共218人，的确是族繁难以备载。

【3】见1988年2月25日台湾《自立早报》。

无忧无虑的少年岁月

吴伯雄出生于1939年6月19日（农历五月三日），肖兔，在家中是三男，小的时候很活泼。在吴鸿麟老先生的眼中，吴伯雄永远是一个十分顽皮，很会开玩笑但心地善良热情的孩子。吴鸿麟说，吴伯雄从小就很乖巧，六个子女中，是最少骂他的，从小不曾让父亲操心过。在小学老师的心目中，吴伯雄也是一位活泼爱动的好学生。下课铃响起时，吴伯雄抱着球第一个冲出教室，但上课铃响时，他也是第一个抱着球冲回教室。

吴伯雄在中坜国小就读时成绩很好，都保持全年级的第一名，而且他虽然出身世家，但非常合群，又有人缘。

吴伯雄本人回忆，当别人打着赤脚上学，自己却有鞋穿时，觉得别扭透了。他就把鞋脱了，一同打赤脚上学，直到四年级，大家的生活环境改善了，人人都有鞋穿时，他才大大方方地穿上鞋[1]。吃便当时，碰到同学便当没有菜，总是慷慨地分享。

在学校，吴伯雄从一年级到六年级都当班长。他对待同学就像兄弟姐妹一样。有时候，同学没来上学，他一放了学，就急着到同学家去探望，看看这位同学是不是病了，为什么没来上课。这份急公好义，使他领导的小学同学会在毕业后维持了40多年，到今日还是在每年的6月间相聚一次，大家很快乐地碰头畅谈往事。而小学同学选择6月聚会，也是配合吴伯雄的生日，大家热闹一番。

在国小读书时，吴伯雄最喜欢的运动是打棒球。他参加少棒队当选棒球队长，并曾经为学校夺得全县冠军，令他兴奋异常。放假时，他喜欢在黄昏时站在自家顶楼，靠近鸽房挥舞着旗子，看成群的鸽子飞翔，高声喊着："加油！加油！"或是和家里的五六只小土狗嬉玩。

1952年，吴伯雄受到小学老师的鼓励，以第一志愿考入师大附中。这是他求学过程中的"转折点"。吴鸿麟老先生回忆，吴伯雄小学毕业是第一名，又一口气考上师大附中、新竹中学、中坜中学、义民中学四所学校，两父子商量结果，决定选择师大附中。

原来当时的师大附中，正试办"四二制"，前四年是初中，后二年直升高中。在课程的安排上，针对"三三制"的缺点，重视它的连贯性。被"实验"的学生，可特准免去考高中这一关。这种做法对学生的心理调适有很大的影响。学生有更广阔的心灵空间，也有更多的时间去浏览课外读物，参加更多的课外活动。回想起来，吴伯雄把这段求学过程视为"珍贵境遇"。

吴伯雄自小好动，在师大附中时代，更是玩得高兴。足球、排球、篮球、乒乓、田径等无一不是喜爱，标枪还有43米的纪录。同学们最喜欢的是聚在一起聊天、互相调侃，周末出去郊游、看电影。他喜欢看西部片，《乱世佳人》也看过三遍。虽然玩得不亦乐乎，但念书还是保持一定的水平。"如果要说有什么更刺激的，"吴伯雄回忆，"就是和同学季可论（曾任“财政部”钱币司长）打过一架，后来反而成了好朋友。”算是不打不相识[2]。与吴伯雄先后期的师大附中同学，后来也成为杰出人物的有连战、毛高文、郁慕明、陈履安、刘兆玄等。

在台北时，吴伯雄最早住在大姐夫宋瑞楼医生在圆环附近的家。吴伯雄的大姐吴芳英比吴伯雄大11岁，嫁给宋瑞楼。这位大姐夫年长吴伯雄22岁，当时已是望重杏林的内科医生。他是消化系统及研究癌症的权威，毕业于台北帝国大学医学部，日本九州大学医学博士，后任“中央研究院”院士。不久，他们一家搬到杭州南路。吴伯雄上学时初靠脚力，后来改骑脚踏车。[3]

无忧无虑的年少岁月，回想起来，吴伯雄犹是回味无穷。

【1】见《名人的成长》，台湾国语日报社出版。

【2】见《少年十五二十时》，台湾正中书局1989年4月初版。

【3】见1990年9月10日台湾《自立早报》，1990年9月20日台湾《自由时报》。

28岁当上省议员

1963年，吴伯雄从预官役退伍后，当时已通过留学考试的他，因为等候未婚妻戴美玉取得留学资格，便先任中坜商职教员二年。1966年，即27岁时进入与他家族有关的新竹区合会储蓄公司，从柜台的科员，到科长而经理。新竹区合会后来改制为新竹中小企业银行，是被认为经营最坚实，获利能力高，在股市始终被认为是实力股。

一般报道都指说新竹企银是吴氏家族企业。吴伯雄本人的解说则是：“报上常报道说我们家是中坜的‘豪门巨富’，又说和我们家族有关的企业包括新竹中小企业、桃园客运、信东制药……我一边必须澄清这是‘夸大’的新闻写法，也是树大招风所致。我记得几年前新竹企银召开股东大会，在开会的学校礼堂中至少来了千人以上，我们家族股权只有七分之一左右；另一边我也不否认在我成长及从政的日子里，直至今日，非常幸运的就是：我始终不曾为钱的事烦恼过什么。我无后顾之忧，可以全力以回馈之心，努力以赴。然而家庭有钱与否，和一个人的未来成就，事实上关系不大，甚至有许多的例子告诉我们，富翁之家倒少有成材之子，所谓‘富不过三代，穷也不过三代’，人世间兴替的法则是这样，因此要从平顺、富裕的环境中走出来，所需抗拒的诱惑、对理想的坚持以及恒持地斗志昂扬，那种难度真的是不低。”【1】

1968年，吴伯雄才28岁，胡子还没有长齐，就当选了台湾省第四届省议员，是该届省议员中最年轻的一位。有人认为，他父亲曾任桃园县长，与蒋经国、黄杰、谢东闵都有良好关系，因而他成为当局有心培养的对象。【2】

吴伯雄本人实在也争气，虽然在该届省议员中，最年轻的就是他，但他在省议会财政审查委员会中的表现却是辩才无碍。当时的议会记者报道说：“经常见他在议场中侃侃而谈，抑扬顿挫，口齿清晰，而且发言中肯，言之有物，是一位勇于为民喉舌的民意代表，曾极得当时担任省议会议长谢东闵先生的赏议。”吴伯雄回忆：“在我担任省议员期间，谢东闵先生是议长，后来我当选县长，谢先生又任省主席，均对我爱护备至。所谓爱护，并不是没有是非的护短，而是一点不掩饰地指出我的缺失。我和他相差30岁，他指正我，教导我，就像对自己的子弟一样。”【3】

1972年春，吴伯雄受地方人士委托，出来主持整顿一度风光鼎盛，之后因经营不善而停工的信东化学工业公司。当时的信东已负债1亿多元，成为一个烂摊子，但到了吴伯雄的手里，在很短的时间内，信东恢复了生气。他的企管长才受到地方人士的肯定【4】。

【1】见《少年十五二十时》，台湾正中书局1989年4月初版。

【2】见《台湾未来领袖》，台湾风云论坛社1986年8月初版。

【3】见1983年9月台湾《光华杂志》。

【4】见1976年10月17日台湾《自立晚报》。

考绩特优桃园县长

1973年，吴伯雄33岁，被提名竞选桃园县长，在无人竞选下，高票当选，和他父亲当选县长只相隔两任。老县长考虑周到，在吴伯雄出任桃园县长时，按月编有一笔“生活补助费”给吴伯雄，希望做官的儿子无后顾之虞，交际应酬多，也能应付自如。老县长说，他希望儿子不要做不对的事，钱如果不够用就回家拿好了。该年9月23日的《中国时报》记者黄乃因分析说：“省议员吴伯雄的获得提名竞选县长，早在一般预料之中。因为，吴伯雄的条件，不但符合党方提名青年才俊之士的要求，而且群众基础雄厚。舍他之外，已无更适当的人选。”“现年33岁的吴伯雄，出身世家，为人豪爽，做事认真。四年来，在省议会表现得有声有色，深获选民的爱戴和党方的器重，认为是年轻一辈当中，极为难得的杰出政治人才。”

吴伯雄在县长任内，政绩、风评都不错。尽管有人认为吴伯雄之当选县长，主要来自父亲的政治声望和人脉，但也不否认他也真正是为桃园建设打拼。为了替桃园县争取建设经费，他又拿出对戴美玉的“火车追踪精神”去对待当时已任省府主席的谢东闵。他从铁路局的朋友那里打听到谢东闵何时从台中搭乘火车上台北，也选那班火车，刻意坐在谢东闵旁边，一路将地方建设的构想去游说谢东闵，直到谢主席点头为止。他身为县长，夫人戴美玉仍在省立桃园高中任教，上下班以脚踏车代步，有一次被机车撞倒送去医院。车祸发生时，吴伯雄正在议会开会，议员们才知道县长夫人不坐汽车而骑脚踏车出了车祸，好心地主动要求休会，好让县长去探望夫人，当时这一段还成了新闻。

1974年，吴伯雄被保举为“全国特优行政人员”。在省府评语中，有如下几句话：“才华焕发，遇事考虑周密……尤擅辩才，说服力特强”。

1975年与1976年，吴伯雄又崭露出他政通人和的一面。桃园县议会二度无异议通过县政府所提出的总预算案，造成全县空前团结的纪录。

以前人们介绍吴伯雄，是吴鸿麟的儿子，如今盛名之下，人们介绍吴鸿麟，会自然地说，他是吴伯雄的父亲。

吴伯雄在两年多县长任内，拓宽了中坜市中正路，完成了中坜工业区的开发，中正机场和高速公路土地的征购。这些重大案件，碰到许多棘手的问题，吴伯雄都能亲自积极沟通，完成任务，是相当不容易。最为人称道的是，从1973年他主政桃园县后，桃园县政府周围的“红包”之声已不复闻。高层对他的廉洁和能力具有信心，当是其来有自。

初到“内政部”

1984年6月孙运璇因病辞退，俞国华奉命组阁，吴伯雄被任命为“内政部长”，接替林洋港。当时吴伯雄还不满45岁，为“政府”迁台以来最年轻的阁员。“内政部”在各部会中是首席部，设有民政、户政、社会、劳工、地政、役政、总务等司，及警政署、劳建署、职训局，员工3700多人。一般认为，吴伯雄能出任首席“部长”，是蒋经国刻意栽培吴伯雄的明证。因为以往历任“内政部长”，均为台籍政要中的佼佼者，早期如连震东、徐庆锺、林金生等人，近期如邱创焕、林洋港，均是执政党所大力培植的人。吴伯雄以45岁的英年，即脱颖而出，出任“内政部长”，是一个异数。据说，当时力荐吴伯雄出任“内政部长”的人是蒋彦士。由于“朝中有人”，吴伯雄在人事命令发表前一个星期就知道任命了，但还是觉得相当突然，出乎自己的意料。

吴伯雄到“内政部”是全力以赴。正因他的前任林洋港是大开大阖作风，颇得社会好评，他这个年轻的后辈更要努力。上任之初，除了忙交接，立即埋首苦读“著作权法”，为的是6月1日到任，6月6日就要到“立法院”以“内政部长”身份提出说明。

吴伯雄说，当时已升任“行政院副院长”的林洋港对他很关心，给他不少指点，同时帮他找了许多书面资料，使他倍增信心。

上任三个多月，吴伯雄每天研读资料，或聆听简报、或向专家请教，以深入了解“内政部”庞杂的业务和法律、地政等有关专业领域；晚上亦得带公文回去批。为此，吴伯雄幽自己一默：“劳动基准法规定，每周工时不得超过48小时，而我每周都工作70小时以上，违规了呢。”

吴伯雄为了尽速掌握业务，常常留下来加班，很多处室主管唯恐“部长”有事相询，也陪着加班，后来吴伯雄发觉不妥，心里不安，只有跟大伙一起下班，然后再独自回办公室。

做了首席“部长”，吴伯雄仍然随和易近，没有半点官架子。他一向酷爱运动，尤其擅长篮球，在桃园县长任内时，就邀集了全县已在球场上退休的好手，组成了一支老马球队，取名为“老桃”，由他领军，经常南征北讨。到任“内政部”后，公余也邀集了一支球队，但战果不理想，和内政记者队比赛，输了二分，吴“部长”不服气，再战又败。旧“内政部”在公馆，没有空间可以兴建篮球场，好动的吴“部长”只好在下班后，在地下室和同仁打乒乓球。参战的“内政部”同仁说，吴“部长”的球技真不错。

四年多的“内政部长”工作并不轻松，从执行“一清专案”、推动“劳基法”，到配合解严，政党开放，一连串重大法案如“国安法”、“人民团体法”、“集会游行法”、“资深民代退职条例”，在“立法院”经常可以看到主管“部长”吴伯雄对政策之有力说明和辩护，这期间也办理多次选举，都需耗尽心力。往往，吴伯雄为了赶场，也须利用行车中的时间，以便当来解决他的午餐。吴伯雄的机要能感受“部长”的压力，因为他随身要携带六个公事包以应付“立法院”的质询。吴伯雄的机要说，“部长”曾经做统计，与内政有关的各种法律，就有一百多种，他花了许多时间和精神去消化这些法律，务使全部了解熟悉。

由于工作忙，压力大，血压容易升高，吴伯雄在1986年3月间开始戒烟。其间经历“戒买烟”、“戒要烟”、“戒抽烟”三阶段才彻底戒掉。至于问他可不可能戒酒，吴伯雄笑着说：“不能再打击公卖局了！”

休息为了走更远的路

在吴伯雄从“内政部”下放台北市时，李登辉曾有过“下个位置会在省政府”的承诺。在4月中旬，这个承诺还被重复过[1]。而到了4月下旬，高层心意有了变卦。

这时吴伯雄的处境就非常困难了，一方面“到现在什么职位都不考虑我，最后才告诉我留任台北市长”，另一方面，市议会部分人士获悉内定黄大洲接任台北市长，已经在筹划设宴恭贺黄大洲了。这真叫吴伯雄进退两难。干脆爽爽快快辞职了。5月29日上午，吴伯雄被李登辉召见，慰留继续担任市长，但吴伯雄婉谢慰留，坚决辞去市长职务。

下午电视、报纸媒体记者蜂拥而至，欲访问吴伯雄了解李登辉召见的经过及是否留任时，却遭吴市长闭门谢绝。吴市长说，他的态度与过去所说过不再担任市长的立场前后一贯，他虽坚辞市长，但心存感激，并无怨言；不过，大家都发现吴市长的心情，交织着挫折与无奈。

媒体评论说，吴伯雄主持台北市政，无论在民意测验或在市民的心目中都享有很高的声誉，但最近他在人事异动中，却显得“有行无市”，宦海沉浮，冷暖自知，似乎道尽了吴伯雄此时的心境。

“政务委员”是一个闲差，吴伯雄出任“政务委员”三个月后的感想是：一、能有自己掌握的时间，充实自己多读些书，为下一次的冲刺做热身；二、能多陪伴高龄老父；三、能有较多时间关心并参与社会慈善公益事业。他说，在这段期间，他参加公益活动、宗教活动、主持电视节目（社教节目“关怀”）、录制唱片，过得非常愉快。

坐了几个月“冷板凳”的吴伯雄，在7月7日的桃园青商会分会长联谊会中演讲时表示，目前他的政治行情仍在“保温”阶段，他虽曾说过不参选台北市长，但没承诺不竞选其他公职。

吴伯雄结束演讲时，语气充满感性。他说，最近很多人问他是不是被“冰冻”，也有人问他以后的出路。他很骄傲的是这几年到台北从政，绝无愧对桃园故乡父老。他表示现在的状况应该不算是被“冰冻”，而是处在“保温”阶段，目前的工作也很繁重。

至于今后的出路，吴伯雄似有所指地表示，政治人物最重要的是要信守诺言。他说：“我说过不竞选台北市长，但我可没说过不选别的。”这句话引起台下如雷掌声。

在这个时候，吴伯雄可以说是完全清醒了，他知道时代在变，传统政治耐心已经不管用，必须靠自己的政治资本，打出选战天下。他已不再期待任何人的“关爱眼神”了。

当外界追问他是不是要参选省长，吴伯雄虽不承认也没有否认，只说“感觉上未来省长是挡不住的潮流了”。

因而，吴伯雄有意参选省长已是大家都知道的事了。

9月15日，吴伯雄在故乡的中坜艺术馆作专题演讲时说，今年5月“内阁”改组时，他所以辞去台北市长职务，是因曾获讯息将转任省主席，但“人家”未照约定。他说：“我只能说，我判断错误，以为人家会照约定做，等到不要我做时，我话已出了口，才不得不离开台北市。”

报纸刊出他的谈话后，他又在次日加以补充说明。他表示，“人家未照约定做”并非他谈话的精确内容，他的意思是本来人事谁来安排都很困难，不可能每个人都满意，省市长任期安排只是默契，他前晚是为了平稳乡亲的热情，才平和地谈了一下省市长人事安排的感想。

话说完，吴伯雄还有后续动作。10月下旬，吴伯雄有中南部之行，第一站是彰化，在无党籍省议员洪木村陪同下，拜访地方政治人物，然后转往嘉义曾振农家中。

曾振农经营台湾凉椅公司，在地方人脉，是云林派与嘉义黄派的重要关键人物，吴伯雄前往台湾凉椅公司拜访时，云林县籍“监委”陈锡章，嘉义县长陈适庸，及上述两派的重要人物也全都与会。

吴伯雄在台湾凉椅公司与地方派系人士相聚甚欢，还前往KTV唱歌，当晚并借宿该处。

26日上午，吴伯雄再度展开拜访活动，嘉义市议会议长萧登旺、市长张文英、省议员陈明文等人，吴伯雄均一一亲自登门造访，连前省议员、市长落选人吕秀惠也在拜访之列。

吴伯雄在云嘉地区的“拜会”，引起地方政坛人士的议论。有人认为吴伯雄勤于码头，正是为竞选省长辅路。

吴伯雄表示，他是要前往高雄，路过嘉义顺便拜访以前的旧识，同时，因为他在“内政部长”任内，曾指定中坜、嘉义两都市为“中心示范都市”，他关心这个方案的进度因此特别到地方了解。

有地方人士与吴伯雄接触后表示，吴伯雄有心参选省长已经是一个不需要再加以探究的题目。

这位人士说，大家何妨多关心一些“什么时候选？”“党内要不要初选？”这可能有趣些[2]。

吴伯雄表态后，社会上对未来的省长人选有更热烈的讨论。11月上旬，台湾政情研究调查中心就省长人选进行民意测验后发布结果，若民选省长，以吴伯雄最受青睐。吴伯雄于获悉调查结果的消息后表示：“未来变数仍多，我将以更谦卑的心情充实自己。”

【1】见1990年6月3日台湾《自立早报》。

【2】见1990年10月26、27日台湾《中国时报》。

吴伯雄的幽默

吴伯雄的幽默风趣部分得自他父亲的遗传。如吴伯雄有一次劝他个性节俭的父亲吴鸿麟，在打高尔夫球时不妨多给点小费给跟随的球童，家里又不是缺钱用。他的父亲却淡淡地回答道：“你有一个有钱的老爸，我可没有！”

但更大部分，他的幽默感来自他本人机智的禀赋、爽朗的个性和懂得自我调侃。

如他有一次说："我的妈妈最福气，她曾和三个县长睡过同一张床。"当大家都惊愕得张大嘴巴时，他又说："第一个是我爸爸，第二个是我舅舅林为恭（曾任苗栗县长），第三个是我。"大家听了，哄堂大笑。

又如在他出行"公卖局局长"时，有一位小时候的朋友自国外回来，问他说，白天大家忙不好找，晚上在哪里？他说："济南（妓男）路。"朋友听了皱眉头，又问：白天忙些什么？他说："南昌（男娼）街。"原来吴伯雄在南昌街上班，家住济南路。这位朋友听了瞠目以对，忍了一会儿，就请教吴伯雄到底是干什么行业？吴伯雄的答案是"公卖"，差点儿将这位朋友唬住了，以为他是干"午夜有郎"的。当然，这是经夸大的笑话。

以善饮扬名的"内政部长"吴伯雄，在许多正式场合总是自谦酒量不及邱创焕，酒胆不如林洋港。

但是碰上私下场合可就是另一副模样了！每当酒酣耳热之际，爱说笑的吴伯雄常豪气万千地疑惑道："奇怪！怎么喝不醉？"引起举座哗然。

他到荣总作例行身体检查，结果极为良好，高兴之余又冒出一句："可不可以帮我检查看看，喝不醉的原因是哪里有了毛病？"

吴伯雄的圆顶秃头正字标记也是他常常自我幽默的话题。他常说，你们注意到我的头发越来越少了，却没有注意到我的面子越来越大。

吴伯雄笑说，他对"立法院"摄影记者由上而下拍照"最为感冒"，又说，像我这样的头，拍照还要用闪光灯吗？

吴伯雄善于打趣的灵感是天生的，如在"成大校友会欢唱圆山之夜"，现场有人以1万元点唱吴伯雄唱歌，吴伯雄则说，他不是"哄抬物价"，而是过几天要为大陆水灾灾民义唱，现在价码太低会破坏"行情"，希望大家多出点钱。话一说毕，引起笑声连连，在现场一片热烈"叫价"下，以16万元定案。

又如他的儿子吴志扬以第一名毕业于台大法律系，又一举考上台大及政大法研所，对于儿子能够如此出类拔萃，吴伯雄不忘幽自己一默说：“这是隔代遗传嘛！”

又有一次，吴伯雄消遣自己忘却年纪也已50多岁了，突然问晚上发觉身边睡了个祖母，吓出一身冷汗。这个笑话也让记者们一阵“人仰马翻”。

吴伯雄的家人

1992年8月，吴伯雄第11次访美宣慰侨胞，在旧金山，有人向他发问，究竟是“李登辉派”或是“郝柏村派”，吴伯雄说：“哪一派都不是，只是忠于太太这一派。”

的确，吴伯雄与他的太太戴美玉相敬如宾数十年，他不愧是忠于太太那一派的。

吴伯雄小学就读中坜国小，成绩很好，大都在全校前几名，得第一的次数占了大多数，而女生的第一就是他的太太戴美玉。原来他们两人是青梅竹马，可说是从小一起玩泥巴长大的。吴伯雄的父亲和戴美玉的父亲同是台北医学专门学校的同学，交情甚笃，又同住在中坜市的同一条街上，吴伯雄家住67号，戴美玉家住107号，几乎是隔邻。戴家是开电影院的。吴伯雄的岳父被日本军方抽调为军医，后来死在菲律宾。戴家还有一位名人，就是历史学者戴国辉教授，他是戴美玉的哥哥。

他们俩从小就玩在一起，小学三年级时两人都是班长，有一次学校举办一次盛大的游艺会，会中戴美玉是吴伯雄的舞伴，在中坜国小的操场上婆娑起舞，这是导师吕蕊指定的。起先两人不肯，老师硬性规定，他才牵起戴美玉的手。往后，每当吴伯雄走过戴美玉班上的门口，同学总会高喊：“戴美玉，吴伯雄来了！”而戴美玉若经过吴伯雄班上，调皮的同学亦会高喊：“吴伯雄，戴美玉来了，赶快出来！”

国小毕业后，吴伯雄考上了师大附中实验班，搬到台北与姐姐同住；戴美玉则就读一女中，每天搭火车通学，除了星期六中午及星期一早上一起搭火车时见面外，其他时间都是各忙各的，但彼此心都早已所属。

吴伯雄回忆："我们真正来电是在高中二年级。"当时在台北师大附中就读的吴伯雄，和每天从中坜老家通学北上的戴美玉，因举办小学同学会的缘故，又开始密切来往。

待吴伯雄考上成功大学，戴美玉就读实践家专，一南一北，两人见面的机会相当少，但通过书信往来，两人更为接近。为了能见面，经常在摇晃不定的火车上约会十几个小时。后来戴美玉笑说，由于从小就交上吴伯雄，没有和其他男孩子交往的机会。

客家人传统节俭，吴伯雄在做学生时家里给的零用钱很少，有时为了省钱要坐慢车，才能有机会多见到戴美玉几次。

之后，吴伯雄因兄姐都在美国，很自然地申请去美国学校留学，他也考取了托福；而戴美玉学的是家政，就准备到以女性温柔婉约著名的日本进修。双方出国手续都办好之后，发觉与其两地相思，不如留在岛内。加上吴伯雄的父亲也感于两个儿子都在国外，因此，也就叫老幺吴伯雄不要出国，以便照顾家业。

婚后戴美玉在中坜商职当老师，教家政和声乐。

戴美玉擅长花道，还能写一手漂亮的字，曾获得机关公务员书画展第一名的殊荣。

他们俩生有两男一女，长女吴璧玲念文化大学舞蹈系，已婚，嫁给一位留美的医学博士马宏成，是马克任之子；长子吴志扬，原就读台大机械系，后转到法律系，目前在台大法研所读书；幺儿吴志刚学医。

吴伯雄对自己子女的用钱，还是有严格管制，保有吴家的传统。

提起吴伯雄，带笑的戴美玉说："他有许多不得不参加的晚宴，还有推不掉的应酬，但总赶在10点以前回家；特别是公婆搬来台北和我们同住后，他回来吃晚饭的次数明显增加。"

"夫妻培养出来的默契也很有意思。"这位"内政部长"的"内政部长”笑着说，如果吴伯雄晚上回来，理直气壮地叫她放洗澡水，他那天一定没喝酒；如果他自己乖乖地去放水，八成是喝了酒。此外从他回来的表情也可看出他今天的心情。说着说着，她开心地笑起来说，女儿在的时候管爸爸，吴伯雄总会答称“好啦好啦”，很少抱怨；但如果她多说两句，吴伯雄有时会抱怨说她啰嗦。她说，没办法，天下的爸爸都是如此。

“女儿结婚我们都很舍不得。”虽然女儿已是两个孩子的妈了，但是一提起女儿的种种，母性的光辉喜悦又完全洋溢于她的脸上。她说女儿结婚时，吴伯雄非常舍不得，强忍泪水送这个最贴心的女儿出门。还特别向女婿订了个不成文的规定，一年至少要让他的女儿回来两次。

女儿未出嫁前就经常抱怨说，如果她不是吴伯雄的女儿或许会过得更快乐，因为她参加活动经常都不能尽兴玩个痛快，就被晚上11点前回家的命令召回来了。后来她干脆说，男朋友也交给父母去操心吧，这样她的那口子才会过得快乐，因为是老丈人和丈母娘看对眼的。

对女儿找到一个医学博士当归宿，他们很满意。对两个儿子的婚姻他们也一样关心。老大吴志扬有他的主见，不会照单全收，他说会先带回来吃饭，如果父母没意见再进一步交往，不过，他的理想对象是和妈妈一样的贤妻良母[1]。

吴伯雄对父母的孝顺一向为人所称道，而他对待子女也是尽其所能地付出关爱。

“他最爱和孩子们玩在一起，不是打球、就是唱歌，没有一点做父亲的架子，有时候输了球还会告状。”戴美玉也觉得好笑。

吴伯雄爱唱歌，他的大儿子吴志扬吹XEXAPHONE、夫人弹钢琴，加上卡拉OK，一家乐陶陶。

吴伯雄在过年时最乐的事，也就是抱着外孙向老爸要压岁钱，他的家是四代同堂的家庭。

在日常生活方面，除了忙于公务，一般应酬，他都尽量在晚上回家陪伴二老，或是和太太孩子打乒乓球。每天晚上的10点半新闻他必看。一般假日休闲活动时，或赶赴各地参与民间团体活动时，他经常在座车中打开随身听，吸取新知。他近年独钟的一本书，是星云法师的《星云禅话》。

【1】见1992年4月台湾《中国男人》。

吴伯雄简历

1939 年 6 月 19 日出生，台湾桃园人，毕业于成功大学工商管理学系，现为中国国民党主席。此前，他先后担任的职务有：省立中坜商业职业学校教员，新竹合会公司高级专员（1963 － 1965），台湾省议会第四届议员，信东化学制药董事长（1968 － 1972），南亚工业专科学校兼任副教授（1971 － 1973），桃园县第七届县长（1973 － 1976），台湾省“烟酒公卖局”局长（1976 － 1980），中国国民党中央委员（1976），台湾拳击协会理事长（1981 － 1982），中国国民党中央委员会秘书处主任（1982 － 1984），“内政部部长”兼“中央选举委员会主任委员”（1984 － 1988），中国国民党中央常务委员（1986），台北市市长（1988 － 1990），“行政院政务委员”（1990 － 1991），“内政部部长”兼“中央选举委员会主任委员”（1991 － 1994），“总统府”秘书长（1994），中国国民党中央委员会秘书长（1996.8），“总统府资政”（1997.12），国际佛光会中华总会总会长（1998.1），伯仲文教基金会董事长（1998.6），中国国民党副主席（2000.6），中国国民党主席（20007.4.11 至今）。

吴伯雄成功大学工商管理系毕业后，在“革命实践研究院”受训 3 个月，曾任南亚工专学校副教授。1968 年 7 月，29 岁的吴伯雄在家人的鼓励下，参选桃园县第四届省议员，凭借吴家在桃园县雄厚的家族实力，顺利当选，正式进入政坛，成为当时最年轻的省议员。

省议会是台湾省早期政治舞台的重心，省议员大多来自地方基层，也是政治人物进一步高升的重要渠道。在省议会四年，培养了吴伯雄的问政经验，也奠定了他日后事业的基础。

1972 年 12 月，33 岁的吴伯雄角逐桃园县长一职成功，又开创了他个人政治生涯的春天。这时，主政的蒋经国大力推行本土化政策，提拔年轻有为的台籍人士进入政坛。吴伯雄于 1976 年 8 月被上层调任最大的省营事业“公卖局”任“局长”。同年 11 月，被选为国民党第十一届中央委员。

吴伯雄任职桃园县长虽不久，政绩却不凡，在工业发展、道路建设等方面建树颇多，深受县民称赞。在他离开桃园县到“公卖局”就职时，县政府官员给了他很高的评价：“吴县长荣升他就，我们不胜依依，让我们更加团结奋发，分享吴县长高升的荣耀。”

至今，吴伯雄仍在桃园政坛有着举足轻重的地位。1989年又一次桃园县长选举，国民党提名省议员刘邦友参选，但吴家班的桃园县议长吴烈智也表示要不惜违纪参选县长，双方矛盾加深。最后，还是由吴伯雄劝退吴烈智，才使刘邦友得以顺利当选。

1980年，吴伯雄因“公卖局”“假酒案”提出辞职，尽管受到省主席林洋港与蒋经国的挽留，但还是坚决请辞，回到家乡，任新竹区中小企业银行董事长。

在政坛沉寂两年后，吴伯雄被上层重新请回政坛，于1982年接任国民党中央委员会秘书处主任。1984年6月被延揽入阁，担任“行政院”的“内政部长”，揭开了吴伯雄从政以来最辉煌的一页。在1986年3月召开的国民党十二届三中全会上，吴伯雄进入国民党决策核心，任中央常务委员。

正在他平步青云、扶摇直上之时，1988年7月，吴伯雄却从“内政部长”调任台北市市长，让外界大感不解。本想辞职的吴伯雄最终还是接受了市长这个职务。在市长任内，吴伯雄在政绩上有着杰出的表现，进一步奠定了自己在台北的政治人脉关系。

1990年，郝柏村出任“行政院院长”后，于同年6月，任命吴伯雄为“行政院政务委员”；次年6月吴伯雄出任“内政部长”。这是吴伯雄第二次出任此职。

1993年初，李登辉利用民进党将郝柏村赶下政治舞台后，由连战出任“行政院院长”。连战继续留任吴伯雄为“内政部长”。

同年8月，国民党第十四届中央全会举行中央委员的选举，吴伯雄以最高票当选中央委员。同时在多次民意测验中，吴伯雄也均受好评。

这时吴伯雄有意角逐在1994年举行的首届台湾省省长选举。选省长首先面临党内提名。在接受记者采访时，吴伯雄毫不掩饰地说："到目前为止，民选省长绝对是我唯一的选择。"但这时，政坛另一红人宋楚瑜也表示竞选省长。吴伯雄与宋楚瑜展开了竞争。李登辉在二者只能择其一的情况下，支持提名曾为他上台立下汗马功劳的宋楚瑜，但吴伯雄仍表示参选到底。最后，李登辉以清查吴家经营的事业进行要挟，迫使吴伯雄老父出面向李登辉说情，劝退吴伯雄。为安慰这位政坛"老将"，李登辉于同年底任命吴伯雄为"总统府秘书长"。1996年6月，吴伯雄出任国民党中央秘书长。2000年出任国民党副主席，2005年国民党党主席直选，马英九当选，请吴伯雄任副主席。2007年2月，国民党前主席马英九因"特别费"案遭起诉后，辞去党主席职务。吴伯雄接任代理主席一职，并在4月7日举行的中国国民党主席补选中，当选中国国民党主席。

资料来源

报道

人民网、新华网、中新网、中国台湾网、
新浪网、《吴伯雄前传》（台北，开今文化）等。

评论

人民网、新华网、中新网、中国台湾网、新浪网等。

摄影

刘卫兵、盛佳鹏、廖文静、陈立宇、任晨鸣、
潘索菲、孙翔鸣、丁梅、贾国荣、庞兴雷、武仲林等。